아Q정전 읽·기·의·즐·거·움

새로운 인간상에의 열망

e시대의 절대문학

아Q정전 읽·기·의·즐·거·움

새로운 인간상에의 열망

| 임명신 | 루쉰 |

살림

e시대의 절대문학을 펴내며

자고 나면 세상은 변해 있다.
조그마한 칩 하나에 방대한 도서관이 들어가고
리모콘 작동 한 번에 멋진 신세계가 열리는
신판 아라비안나이트가 개막되었다.
문자시대가 가고 디지털시대가 온 것이다.

바로 지금 한국은, 한국 교육은,
그 어느 시대보다 독서의 당위성을 강조하고 있다.
지난 시대의 교육에 대한 반성일 것이다.
그러나 문자시대가 가고 있는데,
사람들은 디지털시대의 문화에 포위되어 있는데,
막연히 독서의 당위를 강조하는 일만으로는
자칫 구호에 머물고 말 것이다.

지금 우리는 비상한 각오로, 문학이 죽고
우리들 내면의 세계가 휘발되어버린 이 디지털시대에
새로운 문학전집을 만들고자 꿈꾼다.
인류의 영혼을 고양시켰던 지혜롭고 위엄 있는
책들 속의 저 수많은 아름다운 문장들을 다시 만나고,
새로운 시대와 화해할 수 있는 방법론적 독서를 모색한다.

e시대의 절대문학은
문자시대의 지혜를 지하 공동묘지에 안장시키지 않고
디지털시대에 부활시키는 분명한 증거로 남을 것이다.

발행인 심 만 수

들어가는 글

왜 지금 '루쉰' 인가?

루쉰[魯迅, 1881~1936]은 중국 근대문학의 아버지이자 20세기 중국을 대표하는 지식인이다. 동시대 중국어권의 최대독자를 보유한다는 무협소설작가 김용(金庸, 1924~)이 있지만, 중국 근현대문학사를 통털어 최고의 롱런 베스트셀러는 루쉰의 작품들이다. 그를 모르고 중국의 근대를 논하기 어렵다. 루쉰의 존재감과 영향력은 문학을 넘어 사상 및 문화 전반에 걸친 매우 포괄적인 것으로, 생존 당시는 물론 사후 70년에 이르는 오늘날까지 꾸준히 이어지고 있다. 현대 중국의 문학계와 미술계를 비롯한 다양한 분야의 많은 사람에게 루쉰은 여전히 하나의 전범(典範)이고 영감의 원천이 되고 있다.

생전의 루쉰은 문단의 거두이자 당대 최고의 비판적 지식인이었고, 사후에는 마오쩌뚱[毛澤東]에 의해 '위대한 사회주의 혁명가'로 신격화되었다. 그러나 오랫동안 루쉰 이해의 기본 원칙이었던 이런 관점은 개혁 개방 이후 중국 사회의 변동과 더불어 커다란 변화를 겪었고, 그와 함께 현저하게 탈(脫)정치화한 루쉰 연구에도 다양한 방법론과 이해 방식이 도입되었다. 루쉰을 마오이즘(Maoism)의 틀에 가둠으로써 냉전 시대 반공(反共) 국가들이 그를 금기시해온 것 못지않게 편견과 오류를 초래했다는 인식도 보편화되었다. 물론 그런 가운데에도 중국 근현대의 문학·문화·사상사에서 루쉰의 본질적인 의미와 가치가 부정된 적은 없다.

우리나라에서 루쉰이 자유로운 연구의 대상이 되고 일반 대중에게도 알려지게 된 것은 1992년 한·중 국교가 정상화되고 나서의 일이다. 한국전쟁 이후 '반공'을 국시로 하는 대한민국에게 중화인민공화국은 국가 안보를 위협하는 공포와 반감의 대상이었고, 그와 관련된 모든 것이 금기시되었으며 루쉰도 그 금기의 일부였다. "중국 문화혁명의 리더이고 위대한 문학가일 뿐 아니라 위대한 사상가이자 혁명가"라는 마오쩌뚱의 루쉰 평가는 '루쉰=빨갱이'의 의미로 받아들여졌던 것이다. 루쉰은 1970년대 후반 이래 한국의 특수한 정치 현실 속에서 일부 비판적 지식인들에 의해 은밀하게 읽히거나 언급되기는 했지만, 냉전 시대가 끝나기까지는 기본적으로 그에 관한 관련 정보나 자료에 접근하는 것 자체가 어려웠다. 따라서 깊이 있고 객관적인 이해도 실질적으로 불가능했다.

대부분의 경우가 그렇듯이, 하나의 연구 대상을 특정한 정치적 입장에서 바라보는 것은 크고 작은 왜곡을 낳는다. 한때는 루쉰이 공산주의자냐 아니냐가 화두가 되었던 적도 있지만, 오늘날 이런 논의는 별다른 의미를 가지지 못한다. 물론 루쉰은 말년에 좌익작가연맹(左翼作家聯盟)에도 관여했고 좌익 문예이론이나 관련 서적을 중국에 소개한 바도 있다. 그러나 그것은 당시 중국 사회가 안고 있는 고민과 문제 해결을 위한 그의 노력의 일부였다. 일부 좌파 지식인들과의 교류는 있었지만 루쉰은 기본적으로 전체주의와 분파주의를 혐오했고, 장제스[蔣介石]가 이끄는 국민당 극우 정권에 대해서 매우 비판적이었는가 하면, 공산당 극좌파 청년들로부터 '반동' 이라며 매도당하기도 했다.

루쉰의 삶과 문학에는 근대 중국의 총체적인 고민, 그 이상과 좌절이 녹아 있다. 나아가 20세기 동아시아 지식인의 보편적 고뇌가 함축되어 있다. 그러므로 루쉰에 대한 관심은 중국의 어제와 오늘에 대한 관심이자, 동아시아의 20세기를 깊이 있게 이해하고 21세기를 전망하려는 노력이기도 하다. 이런 관심과 노력에 의미를 부여하는 사람들에게 루쉰은 이미 오래전부터 공통의 화두였고, 국경을 넘어 여전히 현재형이고 연구 대상이다. 때로는 '루쉰 연구의 역사' 가 하나의 연구 테마가 되기도 한다. 다시 말해서 중국, 일본, 한국, 타이완 등지에서 루쉰에 대한 이해 방식 및 연구 방법론이 시대별로 어떻게 변화해왔는지를 통해 각국의 정치적·사회적 변화의 단면과 그 연관성을 살피는 것이다. 이미 루쉰은 자연스럽게 '동아시아의 루쉰'으로 불리고 있다.

루쉰을 통해 근대 중국을 바라보고, 또한 루쉰을 접점으로 한국과 일본을 아우르는 '동아시아의 근대'도 시야에 넣으면서 루쉰에 대한 이야기를 풀어가고자 한다. 20세기 중국을 이해하는 중요한 통로로서만이 아니라, 동아시아 각국의 지성사가 교착하는 정신적 허브(hub), 서로를 비춰주는 거울이자 이해의 실마리로서 루쉰을 소개하려는 것이다. 루쉰과 근대 중국, 나아가 동아시아 여러 근대의 상호 관련성에 대한 관심의 계기가 되었으면 한다.

임명신

| 차례 |

1 루쉰

魯迅

「아Q정전」을 루쉰 자신의 문학 생애와 중국 근대사 및 세계문학사적 의미까지를 생각하며 읽으면 한층 재미있다. 제1부는 그를 위한 사전 지식이다. 시골 소년 '쩌우슈런'이 중국 그리고 동아시아의 근대를 대표하는 시대정신 '루쉰'으로 태어나는 과정은, 한 인간이 어떻게 해서 역사적인 인물이 되어가는지에 대한 크고 작은 이해의 실마리를 제공해준다.

1 장 — 루쉰의 생애

— '루쉰' 이 되기까지

샤오싱[紹興] 시대
—도련님에서 몰락 집안의 장남으로

루쉰[魯迅]의 본명은 쩌우슈런[周樹人], 어릴 적 이름은 짱셔우[樟壽]이다. 1881년 9월 25일 중국 동남부 져쟝성[浙江省] 샤오싱현[紹興縣]에서 독서인(讀書人: 선비) 집안의 삼형제 중 장남으로 태어났다. 그의 두 동생, 즉 학자이자 번역가이고 문필가인 쭈어런[作人]과 공산당 고급 간부가 된 찌엔런[建人] 역시 중국 근현대사에 이름을 남긴 인물이다.

'루쉰' 이란 이름은 중국 최초의 근대소설 「광인일기(狂人日記)」(1918)를 발표하면서 사용하기 시작한 필명이다. 말년에 현실 비판적인 글을 쓰면서 정체를 드러내지 않기 위해 사용했던 필명이 무려 160여 개에 이르는 것으로 알려져 있으나, 생존 당시는 물론 지금까지도 그의 본명에 우선하는 이름

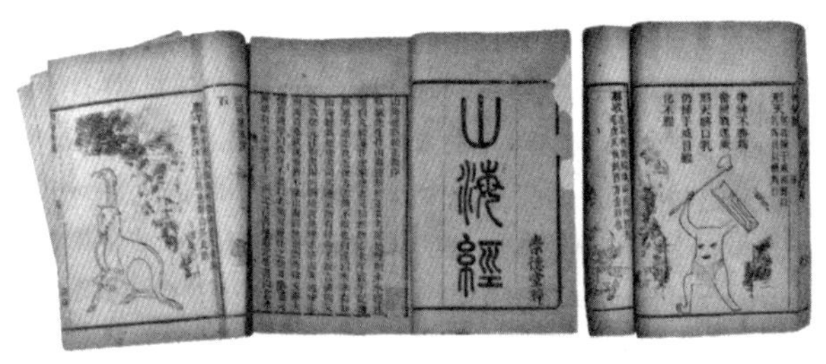

유년의 루쉰을 열광시킨 고대의 전설 및 설화 모음집 『산해경』. 사서삼경을 우선하는 시대적·가정적 분위기 속의 어린 루쉰에게 문학적 상상력과 영감을 키워준 매개의 하나였다.

은 '루쉰' 이다. '느릴 노(魯)' '빠를 신(迅)' 이라는 역설적인 글자 조합으로 이루어진 필명의 유래는 정확히 알려져 있지 않지만, 통렬하고 해학적이면서도 페이소스를 느끼게 하는 작가 특유의 글쓰기를 연상시키는 필명이라고 할 수 있겠다.

루쉰의 가계는 그 지방의 유지였고 가산도 풍족한 편이었다. 할아버지는 37세에 과거 급제하여 중앙에서 벼슬을 하고 있었고, 아버지는 수재(秀才: 과거 시험 응시 자격을 가진 서생)였다. 비교적 지체 있고 풍요로웠던 가정환경은, 그러나 루쉰이 13세 되던 해 할아버지가 과거 시험 관련 비리의 당사자가 되어 중형에 처해지면서 급격히 기울기 시작했다. 과거(科擧)란 양민의 자제 가운데 능력을 근거로 인재를 뽑는 관리 등용 시험으로, 지방의 토호나 유지들의 세력화 내지 귀족화를 방지함으로써 절대적인 황제의 권력을 뒷받침해주는 제도라 할 수 있다. 따라서 과거 시험의 부정 사건에 연루된다는 것은 명분상 황제의 절대성에 도전하는 일로 간주되었고, 사건 당사자는 보통 엄벌에 처해졌다. 뇌물을 써서 아들과 친척들의 합격을 청탁하려던 할아버지의 시도는 미수에 그쳐 간신히 사형을 면하긴 했지만, 할아버지 본인은 삭탈관직 및 구금에 처해졌고 루쉰의 아버지는 과거 응시 자격을 박탈당했다. 이 일로 집안은 하루아침에 엄청난 격랑에 휘말리고 루쉰은 동생 쭈어런과 한동안 외갓집에 맡겨졌다. 소동이 어느 정도 가라앉아 집으로 돌아온 루쉰은, 이번에는 병마에 시달리는 아버지를 위해 전당포와 한약방을 드나들어야 했다. 훗날의 회고에 의하면, 루쉰은 이때의 체험으로 중국의 전통의학이나 민간요법에 대한 깊은 불신을 가지게 되었다. 청년 시절 일본에 유학 가서 당초 서양의학을 공부하려고 했던 것 역시 이와 관련이 있다.

아버지가 결국 젊은 나이로 세상을 떠나자 루쉰은 열여섯의 나이에 집안의 가장이 되어야 했고, 가세가 갑자기 기우는 와중에 겪은 비정한 인간관계의 체험이 그를 조숙하게 만들었다. 한때는 도련님으로 떠받들어 주던 주위 사람들과 친척들의 태도 변화를 겪으면서 인간과 세상에 대해 한층 예리하고도 담담한 안목을 가지게 된 것이다.

난징 유학과 일본 유학

난징 시절 — 신학문을 접하다

1896년에 아버지가 세상을 떠나자, 1898년 루쉰은 과거 시험 준비를 그만두고 가장 가까운 대도시 난징[南京]으로 나갔다. 그의 나이 열여덟 살 때였다. 난징 유학을 결심한 이유 중의 하나로 "고향 사람들과는 다른 인간들을 만나보고 싶어서"라고 훗날 회고할 만큼, 당시 주위 사람들을 비롯한 고향의 모든 것에 심한 회의와 절망을 느꼈던 그에게 난징 진출은 하나의 탈출구이기도 했던 것 같다.

1898년 5월 난징에서 루쉰은 일종의 해군 학교인 강남수사학당(江南水師學堂)에 입학했으며, 이듬해 강남육사학당(江南陸師學堂) 부설 광무철로학당(鑛務鐵路學堂)에서 수학했다.

광업 및 철도 전문가 양성 기관인 이들 신식 학교는, 아편전쟁(阿片戰爭, 1840~1842)의 패배로 어쩔 수 없이 영국에 문호를 개방한 지 약 20년이 지나 추진된 양무운동(洋務運動)의 구체적인 노력의 결과물들 가운데 하나였다. 동치(同治) 황제의 후원하에 쩡꾸어판[曾國藩], 리훙짱[李鴻章] 등 한족(漢族) 관료를 중심으로 추진된 '부국강병(富國强兵) 프로젝트' 의 일환이었던 셈이다. 가치의 중심은 어디까지나 자국의 전통에 두고 서구인들에게 광산, 선박, 신식 군대 양성 같은 기술적인 것만 배운다는, 이른바 '중체서용(中體西用)'의 슬로건하에 이루어졌다. 당시에 근대식 항해술과 광업 및 철도 관련 지식은 근대화에 필수적인 기초 분야이고 첨단 학문이었다. 원료 조달처와 시장 개척을 위해 식민지 쟁탈전을 벌이는 서구의 선진 자본주의 국가들이 그러하듯, 해군력과 광업 및 철도의 발달은 국부의 조건이요 국력의 상징이었기 때문이다.

루쉰이 난징 유학에서 얻은 가장 큰 의미는 무엇보다 서구 근대사상을 본격적으로 접하게 되었다는 점이다. 헉슬리(Thomas Huxley, 1825~1895)의 『진화와 윤리 *Evolution and Ethics*』의 한역본(漢譯本)인 『천연론(天演論)』(옌푸[嚴復] 번역)을 읽고 크게 감명을 받은 것도 이 무렵이었다. 『천연론』의 내용은 한마디로 다윈의 진화론을 인간사회의 변화를 설명하는 데 적용한 것으로, 19세기 서구 자본주의가 제국주의화하는 과정에서 드러난 냉엄한 국제 질서를 자연계에서 일어나는 약육강식 현상에 비유하고 있다. 다시 말해서 인간세계에도 자연계와 마찬가지로 "우승열패(優勝劣敗)"와 "물경(物競: 생존경쟁)"의 원칙이 존재하며, 환경의 변화에 적응하지 못하면 도태되어 멸종될 수밖에 없다는 것이다.

흥미로운 것은 『천연론』의 내용이 사실은 스펜서(Herbert Spencer, 1820~1903)의 사회적 다윈이즘의 요지이며, 오히려 그것을 부분적으로 비판하는 입장의 헉슬리를 왜곡하고 있다는 점이다. 그럼에도 이러한 옌푸의 번역은 19세기 후반 중국이 처한 상황과 지식인들의 위기의식이라는 현실적 문맥 속에서 태어난 '창조적 오역(誤譯)'이라는 관점으로 오늘날 재평가되고 있다. 실제로 이 책은 당시의 중국 지식인들에게 대단한 충격을 주었고, 청년 루쉰 역시 그런 시대적 분위기 속에서 자연스럽게 근대적 민족의식에 눈뜨게 되었다.

한편, 루쉰이 난징에서 수학하던 시기는 청일전쟁(淸日戰爭, 1894~1895)의 패배로 이미 국가적 위신은 크게 손상되고 양무운동에 대한 기대도 실질적으로 퇴색해가던 때였다. 서구 열강에 시달려오다 급기야 변방의 오랑캐로 취급하던 일본에까지 패배한 충격 속에서, 청나라 조정은 드디어 일본의 메이지[明治]유신을 모델로 한 급진적인 개혁을 시도하게 되었다. 광서제(光緖帝)의 지지하에 캉유웨이[康有爲], 량치챠오

[梁啓超] 같은 한족 지식인이 주도한 변법자강(變法自强)운동이 그것이다. 이전의 양무운동이 '중체서용(中體西用)' 을 내세워 군사 제도나 광산 개발 등 서구 근대의 기술적인 부분만 받아들이려 했다면, 변법자강운동은 보다 근본적인 체제 변혁을 시도한 것이었다. 헌법 제정, 국회 개설, 과거제 개혁, 서양식 학교 설립, 산업의 보호 육성 등의 기치를 내걸고 신문을 발행하여 관료 및 독서인층을 대상으로 계몽 활동을 펼쳤지만, 얼마 못 가 서태후(西太后)를 중심으로 한 보수파의 쿠데타 무술정변(戊戌政變, 1898)으로 실패하고 말았다. 변법자강운동은, 서구 사회가 200년에서 250여 년 정도의 세월을 두고 시민 계층의 출현 및 그 성숙 과정을 통해 달성한 성과를 단기에 따라잡고자 한 것이다. 인구의 압도적 다수가 문맹인 중국의 현실 속에서, 각성한 소수의 개혁파 지식인의 노력만으로는 애당초 여러모로 무리가 있었다. 한마디로 그들의 개혁 운동을 뒷받침해줄 절대 권력도, 대중적 지지 기반도 부족했던 것이다. 결국 '위로부터의 근대화'로 봉건 왕조 국가에서 입헌 군주국 형태의 근대국가(Nation-state)로 나아가려던 급진적인 노력은 좌절되고, 이를 계기로 청조에 미련을 버린 개혁파 지식인들은 대거 '혁명'으로 방향 전환을 했다.

이러한 시대 상황 속에서 난징 수학을 마치고 루쉰은 아시아의 새로운 강대국 일본으로 유학을 떠나게 된다.

일본 유학 시절 — 의학에서 문학으로

일본 유학 시절 초기의 루쉰. 변발을 한 직후의 기념촬영으로 사진 뒷면에 7언 절구의 우국시를 적어 고향의 가족에게도 보낸다.

광무철로학당을 졸업한 루쉰은 1902년 국비 유학생으로 일본 유학 길에 올랐다. 재빨리 서구 자본주의 국가들을 모방하여 근대국가로 탈바꿈한 일본은 더 이상 변방 오랑캐가 아니었다. 이미 청일전쟁의 승리를 통해 아시아의 최강자가 되어 있었고, 세계열강 대열에 진입하는 결정적 계기가 되어준 러일전쟁을 목전에 둔 상태였다.

일본 유학 경험은 여러 가지 의미에서 루쉰의 이후 생애에 커다란 영향을 끼쳤고, 그런 만큼 중대한 의미를 가진다. 가장 중요한 사건은 의학 공부에서 문학으로의 방향 전환이었을 것이다. 일본에서 루쉰이 의학을 공부하려 했던 것은 돌아가신 아버지의 병구완을 하면서 가지게 된 중국 전통 의학이나 민간요법에 대한 불신도 한몫을 했지만, 무엇보다 서양의학에 대한 동경과 호기심 때문이었다고 한다. 실제, 당시 서양의학은 서구 근대의 앞선 과학 기술의 상징이었다.

루쉰은 토오꾜[東京]에서 어학 코스를 마친 뒤 중국인 유학생들이 거의 없는 동북 지역의 센다이[仙臺]의학전문학교에 진학했으나, 2년 만에 학교를 중퇴하고 토오꾜로 돌아와 버렸다. 그 계기에 대해서는 그로부터 약 20년 후 그의 최초 소설집 『납함[吶喊]』의 「자서(自序)」에서 담담하게 회고하고 있다. 훗날 '루쉰 신화'의 출발점이 된, 소위 '환등기 사건' 이다.

> 강의가 일단락되고도 시간이 남으면 선생은 풍경이나 시사 화면을 틀어 학생들에게 보여주며 시간을 때우는 일이 있었다. 당시는 마침 러일전쟁 때여서 당연히 전쟁 관련 화면이 많았다. 나는 이 교실에서 때때로 동급생들의 박수와 환호에 장단을 맞추어야만 했다. 그런데 한번은 뜻밖에도 오랫동안 만나지 못했던 많은 중국인을 별안간 화면에서 만나게 되었다. 한 명이 중앙에 묶여 있고 그 주위에 여러 사람이 서 있었다. 하나같이 체격들은 좋지만 무표정이었다. 해설에 의하면 묶여 있는 자는 러시아군을 위해 스파이 노릇을 한 중국인인데, 일본군이 사람들 앞에서 목을 쳐서 본때를 보인다는 것이었다. 둘러싸고 있는 사람들은 바로 이 '본때 보이기'의 장관을 구경하러 온 사람들이었다.
>
> 그 학년이 채 끝나기 전에 나는 토오꾜로 돌아와 버렸다. 그 일 이후로 나는 의학이 결코 중요한 일이 아니라고 느껴졌기 때문이다. 무릇 멍청하고 약한 국민은 설사 건강하고 체격이 건장해도 의미 없는 '본때 보이기'의 재료나 그 구경꾼이 될 뿐이다.

어느 정도 병으로 죽어간다고 해서 꼭 불행이라고 여길 것은 없다. 그러므로 우리들에게 가장 먼저 필요한 것은 그들의 정신을 고치는 일이다. 정신의 개선에 좋은 것은 당시 나에게는 당연히 문예라고 생각되었다. 이에 나는 문예운동을 제창하려는 생각을 하게 된 것이다.

러시아군의 스파이 노릇을 했다는 죄목으로 일본군에 총살당하는 중국인, 그리고 그것을 멍한 표정으로 구경하는 수많은 중국인 관중의 모습에 젊은 루쉰은 큰 충격을 받았다. 중국 영토 내에서 일본과 러시아가 전쟁을 벌이고, 더구나 러시아군 스파이 혐의로 체포된 중국인이 일본군에게 경고성 본보기로 사형당하는 현실, 이러한 부당한 상황에도 분노할 줄 모르고 멍청히 구경만 하는 동포들을 보며 루쉰은 생각했다.

'의학이란 몸을 고치는 지식일 뿐이다. 마비된 정신과 영혼이 깃들어 있다면 건강한 몸이 무슨 의미가 있겠는가!'

일본군의 승리를 전하는 뉴스 필름을 보며 환호하는 일본인 동급생들 사이에서 루쉰이 느꼈을 절망감은 매우 극적인 상상과 감동을 불러일으킨다. 이것이 바로 중국의 '위대한 문호 루쉰'의 탄생 설화이다. 말하자면 루쉰 자신이 고백한 '문학 생애의 출발점'인 셈이다.

그러나 의학에서 문학으로 진로를 바꾸게 한 계기로 의심 없이 받아들여져 온 '환등기 사건'은 일찍이 그 사실 여부에 이의가 제기된 바 있다. 일본 학자들의 주장에 의하면, 관련된 물증과 증언이 발견되지 않았다는 점 등 여러 가지 정황을 종합해 보건대 이 이야기는 기억 혼돈 내지 의식 또는 무의식적으로 구성된 픽션(fiction)일 가능성이 높다. 그러니까 약 20년 후의 회고란 정확한 기억이라기보다 단편적인 과거의 기억들이 재구성된 것일 수 있다는 것이다. 즉, 루쉰이 교실에서 보았다는 문제의 뉴스 필름은 실은 다른 곳에서 본 것일 수도 있다. '픽션' 과 '날조' 란 분명 차원이 다른 개념이다. 실제 인간의 기억이란 얼마나 자의적인 측면이 강한가. 현재의 입장에 따라 의식적 또는 무의식적으로 윤색되고 편집되는 경우도 적지 않다.

결론적으로 여기서 주목할 점은, 문제의 에피소드가 정확히 언제 어디서 일어났는가 하는 사실(fact) 자체가 아니라 루쉰이 자신의 문학으로의 방향 전환을 중국 국민성에 대한 고민과 그 개조라는 문제와 연결해서 설명하고 있다는 점이다. 그런 의미에서 '환등기 사건'은 오히려 픽션일 때 더욱 의미를 가진다고도 볼 수 있다. 그의 문학 생애를 이해하는 하나의 열쇠를 제공하고 있으며, 그가 평생의 '글쓰기' 를 통해 무엇을 추구했는지 그 출발점을 확인할 수 있기 때문이다.

20세기 초 동아시아 지식인들의 일본 유학

1906년 의학전문학교를 중퇴하고 루쉰은 일시 귀국하여 어머니의 권유대로 쭈안[朱安]이라는 구식 여성과 결혼했다. 이후 다시 토오꾜로 돌아와 1909년에 귀국할 때까지 그는 주로 독서를 통해 서구 근대에 대한 이해를 심화시키는 한편, 잡지를 기획하거나 동생 쭈어런과 함께 『역외소설집(域外小說集)』이라는 서양 문학의 번역 선집을 펴내기도 했다. 주로 19세기 제국주의 국가들에게 핍박받는 약소민족의 작품들을 수록했는데, 청년 루쉰의 관심과 성향을 잘 보여준다.

20대 초반의 유학 시절 체험이 루쉰의 일본관이나 세계관을 기본적으로 형성시킨 것은 자연스러운 일일 것이다. 훗날 그는 생애의 마지막 10년을 상하이[上海]의 조계(租界)에 살면

당시 상하이 조계에 있던 우찌야마서점. 루쉰은 주로 이곳에서 외국 도서를 구입했다. 현재 일본에서 가장 대표적인 중국도서 전문 서점 중 하나다.

서 조계 내 일본인이 경영하던 우치야마[內山]서점을 통해 꾸준히 일본을 비롯한 외국 서적이나 번역서를 구입했고, 병이 나면 일본인 의사의 치료를 받는 등 평생에 걸쳐 일본인과 많은 교류를 가졌다. 대체로 루쉰은 편리함과 합리성을 기준으로 사물을 판단하고 수용했던 것으로 보인다. 실제로 루쉰은 일본 유학 당시 일본인들의 평상복 유카타[浴衣]를 즐겨 입을 정도로 일본인의 생활양식이라고 해서 특별히 거부감을 표시하지는 않았다. 물론 일본의 중국 침략이 본격화되는 1930년대 일본의 제국주의적 야욕에는 단호한 입장을 취한 그였지만, 유학 시절 이래 일본은 참고와 선망의 대상이자 중국의 현실과 비교되는 존재일 수밖에 없었을 것이다. 유학 시절 지인에게 청일전쟁에서 패한 것은 "중국이 아니라 청나라 조정이었을 뿐"이라고 말하는 데서도 그의 복잡한 심경이 엿보인다. 루쉰의 유학 당시에 일본은 이미 동아시아 최대의 선진국이자 세계적 열강으로 자리매김하고 있었고, 귀국 이후에도 일본의 뻗어가는 국력을 인식할 기회는 자주 있었다.

또한 훗날 한 지인에게 보낸 편지(1936년 3월 4일자)에서, 루쉰은 일본인들의 국민성을 칭찬하며, 그들의 최고 행운은 몽고족의 침략을 받지 않은 것이라고 말한 바 있다. 고대로부터 외적의 침입을 거의 경험하지 않은 일본, 그리고 19세기 중반 이래 비교적 안정된 근대국가의 국민으로 성장해 온 일본인들에 대해 전반적으로 긍정적인 인상을 가지고 있었음을 알 수 있다. 그가 중국인들에게 부족한 미덕이라고 느꼈던 신용과 성실성 같은 면에서 특히 그러했다. 루쉰이 보기에, 기회주의적이며 의심이 많고 요령을 부리는 경향이 강한 중국인들의 일반적인 심성은 역사상 빈번한 이민족의 침략과 폭압적인 지배하에서 일종의 생존 방식으로 길러진 것일 수 있다는 의미로 파악된다.

유카타 차림의 루쉰(1909). 유카타의 시원하고 편리한 점을 중시하는 한편, 이에 대한 다른 중국인 유학생들의 비판적인 시선을 의미 없고 소모적인 것으로 여겼다.

한편, 루쉰의 일본 유학 시기는 한일합방 직전 이광수나 홍명희 등 우리나라의 1세대 근대 지식인들이 일본에 유학하던 시절이기도 하다. 이들 한국과 중국의 유학생들은 우선 근대 문물의 학습과 수용이 대부분 일본어를 통해 이루어졌다는 공통점을 가진다. 세기말적 시대분위기와 민족적 위기를 뚜렷이 의식하고 있었다는 점에서도 마찬가지이다. 그뿐 아니라 당시 일본에서 유행하는 책이나 신문 잡지를 보면서 자신들의 가치관과 신념을 형성해 나갔음은 물론이요, 나중에 고국의 근대문학 형성·발전기에 중요한 역할을 담당했다는 점도 유사하다. 루쉰과 『임꺽정전』의 저자 홍명희가 서로 면식이 있었다는 증거는 없으나, 서구 및 러시아 문학 그리고 일본 문학을 망라하는 두 사람의 독서 목록에 많은 공통점이 발견된다.

한국과 중국의 이들 1세대 신흥 지식인들이 일본에 머물던 시기는, 훗날 일본 근대문학 최고의 문호로 평가되는 나츠메 소오세키[夏目漱石]가 토오꾜대학 교수직을 사임하고 전업 작가로 변신, 본격적으로 신문 연재소설을 쓰던 시기이기도 했다. 루쉰은 동생 쭈어런에게 소오세키를 높이 평가하며 그의 작품을 읽어볼 것을 권하기도 했고, 심지어 소오세키가 일시 기거했던 토오꾜대학 근처의 단독 주택을 빌려 친구들과 살기도 했다. 루쉰 자신도 당시 「아사히[朝日]신문」에 연재되던 소오세키 작품의 애독자였고, 이 연재물의 단행본을 구입하고, 만년의 상하이 시절에도 이와나미[岩波]서점이 출간한 『소오세키 전집』 결정판을 구입하리만치 큰 관심을 가졌다. 루쉰이 이렇게 소오세키의 작품에

심취한 바탕에는 소오세키의 문학이 일본의 근대적 국어의 성장과 보급에 큰 역할을 한 데다, 신흥 근대국가 일본의 내면적 과제를 근대적 개인과 국가 공동체의 문제로 고민하는 것에 깊이 공감했기 때문으로 보인다. 루쉰과 소오세키, 이 두 동아시아의 문호는 19세기 러시아 문학을 바라보는 시각에서도 공통점을 보이는 등, 날카로운 지성 특유의 시대 인식을 공유하고 있었음을 알 수 있다.

이렇게 한·중·일 근대 지식인들의 공통 체험이 나중에 각각 어떤 식으로 '다르게' 혹은 '비슷하게' 발현되는가를 고찰하는 것은 의미 있는 테마이다. 그들의 정신사가 서로 어떤 연관성을 가지는가를 살펴보는 것은 동아시아의 근대를 이해하는 또 하나의 유익한 방법론이 될 것이다.

2 장 — 루쉰의 문학 세계

구국을 위한 문학
—정신을 개혁하는 방법으로서의 문학

구국을 위한 소설

의학에서 문학에로의 방향 전환, 인생의 방향에 중대한 영향을 줄 이런 결정이 어느 날 갑자기 일어난 사건일 수는 없다. 그런 의미에서 같이 언급되어야 할 것이 바로 청말(淸末) 최고 지식인의 한 사람인 량치챠오[梁啓超, 1873~1919]의 논문 「소설과 정치의 관계를 논하다[論小說與群治之關係]」(『新小說』 창간호, 1902)일 것이다. 젊은 시절 루쉰은 실제로 이 글을 접했거나 적어도 이런 글이 나오게 된 시대정신의 영향하에 있었다고 볼 수 있다.

> 한 나라의 백성을 새롭게 하려면 먼저 소설을 새롭게 하지 않을

수 없다. 한 나라의 도덕을 새롭게 하려면 소설을 새롭게 해야 한다. 종교를 새롭게 하려면 소설을 새롭게 해야 하고, 정치를 새롭게 하려면 소설을 새롭게 해야 한다. 풍속을 새롭게 하고 학문과 예술을 새롭게 하려면 소설을 새롭게 할 것이며, 인심을 새롭게 하고 인격을 새롭게 함에도 소설을 새롭게 해야 한다. 어째서 그러한가? 소설에는 사람의 도를 지배하는 불가사의한 힘이 있기 때문이다. (欲新一國之民, 不可不先新一國之小說。故欲新道德, 必新小說；欲新宗教, 必新小說；欲新政治, 必新小說；欲新風俗, 必新小說；欲新學藝, 必新小說；乃至欲新人心, 欲新人格, 必新小說。何以故? 小說有不可思議之力支配人道故。)

중국 근대문학의 출발을 논할 때, 그 전사(前史)로서 위에 인용된 글이 가지는 의의는 특별하다. 전통적 중화주의 세계에서 지식인이란 인격적 완성자, 즉 수신제가치국평천하(修身齊家治國平天下)를 지향하는 존재였다. 따라서 지식인에게 요구되는 가장 중요한 능력도 인의예지신(仁義禮智信)의 가치를 역설하는 유교 경전에 대한 이해였다. 량치챠오처럼 전통적 교양으로 다져진 고급 지식인이 '소설'을 구국의 한 방법론으로 평가했다는 것은 매우 획기적인 일이다. 이제 소설은 통속적이고 유치한 이야깃거리가 아니라, 한 시대의 국가 및 민족 공동체가 필요로 하는 이념을 담을 수 있고 대중의 애국심을 고취할 수 있는 매체로 이해되기 시작한 것이다. 량치차오는 변법자강운동의 좌절 후 일본에 망명하여, 서구와 일본 근대에 대해 많은 공부를 하는 가운데 특히 소설이 가지는 의미와 가능성에 주목했다. 그러니까 하나의 소설 작품이 널리 읽힌다는 것은 많은 사람의 공감대를 형성할 수 있다는 뜻이며, 더욱이 애국적인 내용이나 개화사상을 담은 작품이 인기를 끌면 사람들의 의식을 새롭게 하는 데 큰 효과가 있으리라는 기대 때문이었다. 학술적이고 전문적인 글은 소수의 지식인에게 읽힐 뿐이지만, 재미있는 읽을거리는 보다 많은 사람에게 쉽게 읽힐 수 있어, 광범위한 대중의 흥미를 유발시키고 결과적으로 그들에게 국가적 위기에 대처하는 단결된 힘을 끌어낼 수 있다고 생각했던 것이다.

소설에 대한 이러한 재평가는 중국 역사상 실로 놀랄 만한 변화였다. 그 의미는 아무리 강조해도 지나침이 없을 것이다. 전통적으로 중국에서 '소설'이란 국가나 세상을 경영하는 데 필요한 고상한 주장이나 가르침이 아닌, 글자 그대로 '작은(대수롭지 않은, 시시한) 이야기'를 뜻했다. 소설을 처음으로 서구 근대문학의 '노벨(novel)'의 번역어로 쓰기 시작한 것은 일본인들이다. 이들은 19세기 중반 이래 적극적으로 서구 문물을 받아들이면서 새로운 사물이나 개념의 일본어 표기에 대해 고민했다. 그것은 한마디로 '서구 근대문명의 전이(轉移)' 과정이었고, 그 속에서 방대한 양의 새로운 어휘가 태어나게 되었다. 한자를 이용해 신조어를 만드는가 하면, 고전 중국어의 어휘를 새로운 의미로 전용하거나 확대해서 사용하기도 했다. '한자어(漢字語)'로 불리는 이들 신조어와, 의미의 전용 및 확대로 새롭게 태어난 고전 중국어 어휘들이 상당 부분 그대로 근대 중국어와 한국어로 유입되었다. 이는 중국과 한국의 근대 지식인들의 대개가 일본어를 통해 서구 문물을 습득하고 나중에 그것들을 중국어나 한국어로 펼쳐내는 과정에서 일어난 불가피한 현상이었다.

한편, 「소설과 정치의 관계를 논하다」의 독자는 중국인에 국한되지 않았다. 량치챠오의 언론 활동은 전적으로 한문(고전 중국어)으로 되어 있었으므로 우리나라 지식인들 중에도 중국어 회화 능력과 관계없이 독자가 존재했다. 예를 들어 한때 과거 공부를 했던 구한말 지식인 신채호(1880~1936)는 량치챠오의 글을 통해 그에게 깊이 공감했던 사람들 가운데 하나이다. 조국의 독립을 위해 격렬한 정치 논설을 쓰고 항일운동에 투신한 독립운동가로 알려진 그가, 「꿈하늘」(1925) 같은 소설을 남겼다는 것은 잘 알려지지 않은 사실이다. 이 작품의 문학적 완성도나 이후의 발자취로 미루어 신채호가 특별한 문학적 재능과 감수성을 가졌다고 보기는 어렵다. 그러나 민족적 위기 시대의 지식인으로서 문학, 그중에서도 대중이 쉽게 다가갈 수 있는 '소설'의 의의 및 그 정치적 영향력을 인식하고 있었다는 뚜렷한 증거로서 기억할 만하다.

1909년 8월, 루쉰은 7년간의 일본 유학을 마치고 귀국했다. 청조 멸망 직전의 중국은 아시아 최첨단 도시인 토오꾜와는 거리가 먼 세계였고, 고향의 모든 것은 시대의 변화와는 무관하게 멈추어 있는 듯했다. 하지만 내적으로는 청나라 말기 이래 싹터온 혁명의 불씨가 이미 걷잡을 수 없이 번지고 있었다. 변법자강운동의 좌절로 개화파 지식인들은 결정적으로 청조에 대한 미련을 버렸고, 만주족을 멸하고 한족을 부흥시킨다는 멸만흥한(滅滿興漢)의 슬로건은 더욱 설득력을 가지게 되었다.

드디어 쑨원[孫文, 1866~1925]의 삼민주의(三民主義: 민족, 민권, 민생)를 지도 이념으로 1912년에 중화민국(Republic of China)이 성립되었다. 수천 년을 이어온 왕조 체제를 부정하고 아시아 최초의 '공화국'이 탄생한 것이다. 이제 적어도 원칙상 모든 중국인은 법 앞에 평등하고, 최고 권력자는 세습된 황제가 아니라 국민의 의사를 대변하는 총통이었다. 그러나 그것은 아직 멀고 먼 이상에 불과했다. 여전히 신해혁명과 중화민국의 성립을 '새로운 왕조'가 들어선 사건으로 이해하는 사람들이 훨씬 많았던 것이다. 대한민국(Republic of Korea)이 그러하듯, 'Republic'이란 절대 군주가 아닌 '국민에 의한, 국민을 위한' 정치 체제를 의미한다. 서구 시민사회가 르네상스 이래 수백 년의 시행착오 끝에 마련해낸 이 시스템은, 선거에서 행사하는 한 표의 의미를 이해하는 다수 국민의 존재를 기반으로 운용된다. 따라서 국민(시민)이 출현하지 않은 상태에서의 공화국이란 껍데기에 불과하다. 결국 '중화민국'은 다수의 백성들로 구성된 이름뿐인 공화국이었던 것이다.

지지 기반인 중산층이 제대로 형성되지 못한 상황에서 혁명의 실상은 암담했다. 귀국 후 답답함과 절망을 느끼고 있던 루쉰도 처음에는 신해혁명에 기대를 가졌으나 곧 덧없는 희망이라는 것을 깨닫게 되었다. 혁명 이후 쑨원을 중심으로 난징에 구성된 중화민국 임시정부는 경제적·군사적 기반이 없어, 결국 민국 수립 얼마 후 쑨원은 군벌들에게 밀려 일본으로 망명을 하게 되었다. 여기서 군벌이란 19세기 후반 양무운동으로 양성된 서양식 군대가 중앙정부를 무시하고 각지에서 정치세력화한 존재들을 가리킨다. 이들은 청나라 조정의 무능이 거듭 드러나고 대외적으로 국가적 위신이 떨어지자, 일단 청조를 멸망시키는 데는 동조했지만 그뿐이었다. 신해혁명 이후에도 군벌들의 할거는 여전했고, 명목상의 중앙정부조차 다수의 군벌 출신들로 채워졌다. 심지어 쑨원을 밀어내고 총통에 오른 북양(北洋) 군벌 위엔스카이[袁世凱]는 몇 년 후 전제 체제를 부활시켜 스스로 황제에 즉위하는 해프닝을 벌이기도 했다. 결국 실패로 끝나기는 했지만 중화민국의 험난하고 다사다난한 앞날을 암시하는 사건이었다.

한편 중화민국이 정상적인 근대국가의 내실을 갖추거나 적어도 그런 방향으로 순조롭게 발전하는 상태가 아니었음은, 신식 교육을 받은 지식인들에게 충분한 일자리가 제공되지 못하고 있다는 현실에서 단적으로 드러난다. 학교와 출판사, 공무원 등 이들 신흥 지식인을 위한 매우 전형적인 직업들은 근대국가의 운영에 필수 불가결한 직종들이다. 특히 교육과 출판은 국가 공동체의 구성원들을 근대적 국민으로 키워내는 직접적인 역할을 담당하는 분야이며, 공무원의 존재는 국정이 제도화된 행정에 의해 움직인다는 증거이다. 교육과 행정이 제대로 기능하려면 이들 신흥 지식인에게 월급을 주고 시스템을 유지시킬 만한 중앙정부가 있어야 하며, 또한 정부는 필요한 재원인 조세 수입을 가져야 한다. 국가의 재원은 기본적으로 국민의 세금으로 충당되는 것이므로, 그럴 만한 산업화의 기반이 마련되어야 한다. 이런 모든 조건이 어우러져 형성되고 발전하는 국가 시스템인 근대국가는 농업 중심의 전통 사회, 즉 압도적 다수의 문맹을 소수의 엘리트가 지배하는 상태에서는 실현되기 어렵다. 다시 말해서 다양한 근대적 미디어와 인프라를 통해 근대적 정보를 공유하는, 장차 '국민'으로 커갈 '대중적 독자'의 출현 없이는 불가능한 시스템인 것이다.

신해혁명의 성과가 어이없는 방향으로 흘러가는 와중에도 정부의 교육부 관리로 일하게 된 루쉰은 그나마 운이 좋은 편에 속했다. 한때 시대적 사명과 포부를 가졌으나 귀국 후에는 일자리도, 활동할 여건도 마련되지 않아 생계에 허덕이는 지식인들이 적지 않았다. 루쉰의 소설집 『납함[吶喊]』과 『방황(彷徨)』에는 이러한 지식인들의 절망과 좌절감을 그린 작품들이 포함되어 있다.

『신청년』과 5·4 신문화운동

새로운 가치 수용—민주, 과학, 그리고 중국의 노라들

중국의 본격적 근대(중국어로는 現代)는 오사신문화운동기(五四新文化運動期)부터이다. 이 시기를 맞기까지 중국은 아편전쟁으로 문호를 개방한 지 무려 80년이란 시간이 걸린 셈이다. 신문화운동은 1910년대 후반에 본격화되어 1919년 중국 정부의 굴욕적 외교로 촉발된 반(反)제국주의 애국 시위운동으로 절정기를 맞게 되었다. 이 시기가 중국 근대사에서 가지는 역사적 의미는 실로 엄청나다. 수천 년 동안 세상의 중심으로 자처해온 중국이 세계 속의 일개 근대 국가 및 문화공동체로 나아가는 실질적인 전환기가 되었기 때문이다. 기본적으로 전통적 교양을 갖춘 청말의 개화파 지식인들과는 분명히 다른 신흥 지식인들이 드디어 역사의 전면에 등장한 것이다. 이 시기의 모습을 좀 더 자세히 살펴보자.

잡지 『신청년』의 창간자 천뚜슈와 『신청년』 표지.

우선 이 시기의 신흥 지식인들이란 구미 또는 일본 유학으로 새로운 세계를 체험했거나 그 영향을 받은 사람들이다. 신해혁명 이후의 실망스러운 현실 속에서 잡지 『신청년(新青年)』은 세상을 향해 진정한 변화의 필요성을 외치는, 일부 뜻있는 신흥 지식인들의 창구이자 근거지가 되어주었다. 1915년 천뚜슈[陳獨秀]가 "청년잡지"라는 이름으로 창간한 『신청년』은 처음엔 큰 주목을 끌지 못했으나 1919년경에 이르러 지식인 사회 여론의 중심으로 떠올랐다. 당대 최고의 지식인들이 모여들었고, 대부분의 청년 지식인 및 그 후보군이 이 잡지의 열성적인 독자가 되었다. 당시 뻬이징[北京]대학 도서관에서 일하고 있던 마오쩌뚱[毛澤東]을 비롯해서 이 시대에 청년 시절을 보낸 중국 지식인들 가운데는 수십 년이 지난 뒤에도 당시의 감명과 흥분을 생생하게 회고하는 사람들이 적지 않다. 사회와 문화 및 학술 전반에 걸쳐 다양한 주제를 둘러싸고 펼쳐지는 새롭고 강렬한 주장들, 중국의 현실을 돌아보게 하는 문학작품과 논설에 젊은이들은 크게 공감하고 고무되었던 것이다.

특히 '민주'와 '과학'은 『신청년』을 통해 적극적으로 소개된 새로운 가치의 핵심이었다. 서구 근대사회를 지탱하는 축으로 이해된 Democracy와 Science는 각각의 발음을 본떠 "떠 씨엔셩[德先生]" "싸이 씨엔셩[塞先生]"이라는 의인화된 호칭으로 불리면서 각광을 받았다. 이 중에서도 개인의 존엄성과 자유의지의 존중으로 받아들여진 '민주'는 오랜 세월 중국 사회를 지배해온 '효(孝)'나 '장유유서(長幼有序)' 같은 유교적 덕목, 그리고 이를 기반으로 한 전통적인 대가족제도와는 양립하기 어려운 가치였다. 본인의 의지와는 상관없이 집안끼리의 거래처럼 이루어지는 구식 결혼 역시 보편적이고 절실한 고통이었다. 그리하여 연애결혼은 새로운 시대의 라이프스타일로 부상했고, 가출은 청년 지식인들 사이에서 유행이 되기도 했다. 말하자면 형식화한 전통과 관습의 축소판인 대가족제도와 그 속의 인간관계로부터 자유로워지기 위한, 실천적이고도 혁명적인 행동으로 인식되었던 것이다.

그뿐 아니라 여성에게 강요되어오던 부당한 관습도 비판의 대상이 되었다. 『신청년』을 통해 노르웨이 작가 입센(Henrik Ibsen, 1828~1906)의 「인형의 집」이 여성 해방운동의 상징적

텍스트로 이해되면서 커다란 반향을 불러일으켰다. 여자들의 발을 기형적으로 작게 만드는 야만적 습속인 전족(纏足)을 거부하는 것이 신여성의 상징이 되었고, 「인형의 집」의 주인공 '노라'는 신여성들의 우상이었다. 가출을 감행하고 신학문을 배우는 중국의 신여성들은 "중국의 노라"로 불리기도 했다.

이렇게 신흥 지식인들이 전통문화를 총체적으로 부정하고 서구의 가치를 전면적으로 수용하는 시대가 바로 신문화운동기였다. 그 중심에 『신청년』이 있었고, 이 잡지에 루쉰은 소설을 발표하면서 드디어 작가로서 세상에 얼굴을 드러냈다.

신문화운동

신문화운동기를 '오사(五四)운동기' 또는 '5·4 신문화운동기'라고도 부르는 것은, '5·4' 즉 1919년 5월 4일 뻬이징대학교 개교기념일 행사가 거국적인 항일 반제(反帝) 애국 시위의 계기가 된 것을 기념하기 위해서이다. 그리고 이것을 1910년 중반 이래의 새로운 문화 운동의 연장선에서 이해하고 있기 때문이다. 제1차 세계대전의 전후(戰後) 처리에 반발하는 학생 및 일반인 군중에 의해 뻬이징대학교 개교기념일 행사는 일본의 '21개조 요구'가 통과된 파리강화조약의 반대 시위로 이어졌고, 전국적인 애국 시위운동으로 파급되었다. 독일의 패전으로 중국에 반환되리라 기대했던 중국 내 독일의 이권이 일본에게 접수되자 중국인들의 분노가 거국적으로 폭발했던 것이다. 거리에는 연일 학생과 시민, 노동자들의 반일 시위가 벌어졌으며, 이 열기는 각지로 번져나갔다. '외세의 침탈'을 전하는 뉴스에 수많은 중국인이 분노하게 된 것이다.

학생들과 함께 시위에 참여한 일반인들은 주로 학교 교사와 상공업을 영위하는 중소 자영업자 및 공장 근로자들로서, 이들은 대중적인 활자 매체(신문, 잡지, 교과서, 단행본)에 유통되는 정보를 접하면서 의식 또는 무의식중에 사회적 공론의 장에 존재하게 된 사람들이다. 국가적 위기에 대한 보통사람들의 의식이 '애국애족'의 기치 아래 대규모 시위로 번질 수 있다는 것은, 익명의 독자 대중, 즉 활자화된 지식과 정보를 공유함으로써 '우리'라는 공동체 의식을 가지는 사람들이 일정 정도 출현했음을 의미한다. 소수의 선각자들이 앞장서 노력하다가 좌절하던 시대와는 분명 다른 상황이었다. 이 시기를 중국 근대의 기점으로 삼는 것은, 비록 충분하지는 않으나 근대사회의 전형적인 특징들이 표면화되었기 때문이다.

물론 이런 변화가 오로지 『신청년』 덕분으로 별안간 이루어진 것은 아니다. 19세기 후반 이래 서서히 형성되어온 것이라고 보는 편이 타당하다. 근대사회란 근대적 교통수단(철도, 해운)과 산업의 발달, 근대적 교육의 확대, 그리고 인쇄 및 출판의 보급 등을 배경으로 실현되는 현상으로서, 청말 이래 더디게나마 진전되어오던 변화가 비로소 가시화된 것이라고 볼 수 있다. 광대한 영토와 인구, 전통과 역사의 무게가 남다른 중국이니만큼 시간이 유난히 많이 걸렸을 따름이다. 요컨대 그 축적된 변화를 가시화시킨 주역들이 바로 『신청년』과 그 중심인물들이었고, 1919년 중국 정부의 굴욕적 외교는 이 변화를 분출시키는 결정적인 계기가 되어주었던 것이다. 오늘날 어떤 특정한 이슈를 두고 텔레비전이나 인터넷 등이 대중들의 감정과 생각을 어떻게 대변하고 또 부추기는가를 생각해보면, 그 당시 거의 유일한 대중 미디어였다고 할 수 있는 활자 매체의 영향력을 쉽게 상상할 수 있다. 중국 역사에 있어서 『신청년』의 시대적 역할과 의미는 아무리 강조해도 지나치지 않을 것이다.

『신청년』은 이전과는 전혀 다른 새로운 지식인들의 출현을 알리는 뚜렷한 증거였다. 루쉰은 당초 『신청년』의 열성적인 멤버는 아니었지만, 단편소설 「광인일기」를 발표한 이래 본인의 의사와는 관계없이 중심인물의 한 사람으로 간주되었다. 그야말로 '작가 루쉰'의 탄생인 것이다.

중국 최초의 근대소설 「광인일기」-작가 루쉰의 탄생

내용적 혁명성

루쉰의 작가 인생은 『신청년』에 단편소설 「광인일기」(1918)를 발표하면서 시작되었다. 이때 처음으로 '루쉰'이라는 필명이 사용되었다. 본격적인 문필 활동의 계기를 루쉰은 최초의 창작 소설집 『납함[吶喊]』(1923)의 서문 후반부에서 극적인 에피소드를 통해 소개하고 있다.

루쉰이 군벌 세력들이 주도하는 중화민국 정부의 공무원으로 지내면서 고문서 베끼기로 시간을 보내던 어느 날, 『신청년』의 중심인물 가운데 한 사람인 옛 친구 치엔쉬엔통[錢玄同]이 찾아온다. 그가 루쉰에게 『신청년』에 기고할 것을 권유하자, 루쉰은 이를 거절하기 위해 '쇠로 만든 방'이라는 비유를 예화로 든다. 아래에 『납함』 중 「자서(自序)」에서 인용해 본다.

> 쇠로 된 방이 하나 있다고 치자. 창문도 없고 부술 수도 없어. 안에는 많은 사람들이 잠들어 있지만, 좀 있으면 숨이 막혀 괴로워하다 죽어가겠지. 정신이 혼미한 상태로 죽어가니 죽음의 비애를 느끼지는 않을 거야. 이제 자네가 정신을 완전히 잃지 않은 몇 사람들을 큰 소리로 일으켜 깨운다면, 이 불행한 소수자

들은 피할 가망 없는 임종의 괴로움을 맛보게 되는 거지. 그렇게 되면 그 사람들에게 미안하지 않겠나?

이에 대해 치엔쉬엔통이 "그래도 몇 사람이 깨어난다면, 쇠로 된 방을 깨부술 희망이 전혀 없다고는 할 수 없지 않은가?" 하고 반론하자, 결국 루쉰은 다음과 같이 생각했다고 술회한다.

그렇다. 내가 비록 나 자신의 확신이 있긴 하지만, 희망이라는 말에 이르면 그걸 말살할 수가 없다. 희망은 미래에 속하는 것이다. 그러니 그런 건 '절대 없으리라' 는 내 논리로는 '있을 수 있다' 는 그를 설복시킬 수 없는 것이다. 나는 끝내 승낙하고 글을 쓰게 되었다. 이것이 바로 최초의 작품 「광인일기」이다.

「광인일기」가 탄생한 뻬이징의 샤오싱[紹興]회관. 친구 치엔쉬엔통은, 당시 교육부 관리로 근무하며 가족들과 떨어져 이곳에서 혼자 생활하던 루쉰을 찾아와 글쓰기를 종용했다. 「자서」에 나오는 S회관은 바로 이 샤오싱회관을 말한다.

루쉰의 이름을 세상에 알린 「광인일기(狂人日記)」는 중국 최초의 근대소설이다. 이 작품이 최초의 근대소설로 역사적인 평가를 받는 이유는 형식과 내용, 두 가지 면에서 획기적인 특징을 가지고 있기 때문이다. 형식 면에서는 난해한 고전 문어체가 아니라 보다 구어에 가까운 '백화(白話)' 로 씌어졌다는 점이고, 내용 면에선 구시대의 전통을 철저하게 비판하고 있다는 점이다. 이 작품은 "미친 사람의 일기"라는 제목에서 알 수 있듯이 우화적인 설정을 통해 강렬한 현실 비판의 메시지를 담고 있다.

「광인일기」의 주인공 '나' 는, 주위 사람들이 사람을 잡아먹는다는 망상에 사로잡혀 '광인' 취급을 받는 존재이다. 그는 자신도 잡아먹힐지 모른다는 두려움에 떨다가 마침내 음식 속에 들어 있던 사람 고기를 부지중에 먹었을지 모른다는 깊은 죄의식에 빠진다. 여기서 이 '죄의식' 에 특별히 주목할 필요가 있다. 근대문학 형성기의 작품들에서 대부분 선각자이거나 양심적인 피해자로 설정된 주인공들이 흔히 대중을 인도하는 계몽자로서의 자의식을 드러내는 것과는 전혀 다른 차원의 인식을 보여주기 때문이다. "4천 년 동안 늘 사람을 잡아먹어 온 곳, 나도 오랫동안 그 속에 섞여 살아왔다는 것을 오늘에야 깨달았다."고 자책하는 '광인', 음식 속에 남들이 섞어놓은 인육(人肉)을 자기도 모르게 먹었을지 모른다는 회한과 죄의식에 괴로워하는 그의 모습은 결국 작자의 내면을 반영하는 것이다. 비인간적인 전통과 현실을 철저히 부정하는 자신 역시 그런 전통과 현실의 일부일 수밖에 없다는 뼈아픈 자기 인식이 엿보인다.

하지만 작품의 말미에서 '광인'은 아직 인육을 먹어보지 않은 사람이 있을지 모른다는 희망에 눈뜬다. 바로 아이(젊은이)들이었다. 마지막 구절 "아이들을 구하라……!"는 '광인'의 외침은 중국의 미래를 짊어질 젊은이들을 위한 간절한 희망의 절규이다. 그런 의미에서 「광인일기」는 "인습의 무거운 짐을 등에 지고 암흑의 수문을 어깨로 막아 버티며, 그들(젊은이들)을 넓고 밝은 곳으로 가게 해주는 것"(「지금 우리는 어떤 아버지가 될 것인가」, 『무덤』)을 자기 세대의 역사적 사명으로 여겼던 루쉰, 그 인식의 원형을 보여주는 작품이기도 하다.

「광인일기」의 메시지는 당시 독자들에게 매우 자명하고도 충격적인 것이었다. 바로 구시대의 정신적 가치와 유산에 대한 격렬한 부정과 저항이다. '사람을 잡아먹는 습관'이란, 예교(禮教)로 상징되는 형식화한 인의도덕(仁義道德)을 뜻한다. 인간다운 삶을 파괴하는 전통문화 전반에 대한 비판은 당시의 신흥 지식인들에게 절실한 공감을 불러일으켰다. 또한 이런 충격적인 비유와 메시지는 루쉰 자신의 경험, 즉 집안의 몰락을 계기로 표면화된 봉건적인 사고방식과 생활양식의 고통, 그리고 그 속에서 맛본 인간들의 비정함, 일본 유학 시절의 체험과 고민, 편리한 신식 머리 모양을 했다고 "오랑캐에게 혼을 팔아넘긴 자" 취급을 하던 사람들, 어머니 뜻으로 어쩔 수 없이 받아들인 애정 없는 결혼, 그리고 귀국 후의 현실 속에서 겪은 절망과 좌절감 등에서 우러난 것이었음은 말할 것도 없다.

새로운 문체—중국판 '언문일치'

「광인일기」의 문체가 고전 문어체가 아닌 백화(白話)로 되어 있다는 사실은 내용상의 혁명성 못지않게 커다란 역사적 의미를 지닌다. 물론 백화체(구어체)로 된 작품은 이 시대에 별안간 출현했다거나 루쉰 한 사람의 발명품은 아니다. 백화소설의 기원은 명청(明淸) 시대의 통속소설 『수호전』으로 거슬러 올라갈 수 있다. 하지만 '지적인 언어'로서의 백화, 즉 시대의 중심사상과 개념 및 정서를 표현하는 고급문체로서 백화가 인식되기 시작한 것은 루쉰 시대에 이르러서다.

20세기 초반에 이르기까지 백화체는 여전히 정통 지식인에게 인정받지 못하는 저급한 문체였고, 중인 계층 이하의 사람들을 위한 읽을거리에 불과했다. 그러나 백화체로 씌어진 「광인일기」는 더 이상 저속한 문건이 아니었다. 서구 문학의 세례를 받은 당대 최고의 지식인이 자신의 지적·정서적 자산을 기반으로 식자층 및 그 후보군을 독자로 상정하여 만들어낸 뛰어난 문화 상품이었다. 루쉰이 고급 글쓰기를 위한 백화의 가능성을 최초로 확인시켜준 셈이다. 드디어 백화는 새 시대의 문학어 내지 학술어로 다시 태어난 것이다. 이는 신문화운동기를 기해서 글쓰기 문체의 주도권이 바뀌었음을 의미한다. 서구에서 고급 문어의 권위가 라틴어에서 점차 각 지역의 민족어로 이전해간 것, 즉 유럽 각지의 지방어가 '새로운 문어'로 발전하여 오늘날 영어, 프랑스어, 독일어 등 유럽의 근대적 표준어로 다듬어진 것이나, 동아시아의 고전 문어였던 한문(고전 중국어)에서 백화 또는 한글로 이행해간 것은 모두 비슷한 현상에 속한다.

근대 중국에서 문체 개혁의 필요성을 처음 사회적 화두로 만든 사람은 후스[胡適, 1891~1962, 「아Q정전」 서문에 실명으로 언급된 인물]였다. 그는 미국 유학에서 돌아와 뻬이징대학 교수로 재직하며 신문화운동기의 언론을 주도하던 핵심 인물 중 한 사람이다. 신문화운동기의 중심인물을 흔히 『신청년』의 창간자 천뚜슈[陳獨秀], 후스, 루쉰 세 사람을 꼽지만, 실제로 당시 최고 스타는 후스였다. 그는 미국에서 귀국하기 직전 『신청년』에 「문학개량추의(文學改良芻議)」(1917) 즉 '문학 개량을 위한 보잘것없는 주장'이라는 중요한 논문을 기고하는데, 그 요지는 한마디로 어려운 고전 문어를 버리고 보다 쉬운 백화로 글을 쓰자는 것이었다. 이른바 중국판 '언문일치(言文一致)운동'에 대한 공개적 논의의 도화선이라고 할 수 있다. 이는 지식인 사회의 반향을 불러일으켰고, 이 움직임은 '문학혁명'으로 불리는, 내용 및 형식상의 획기적 변화와 함께 점차 새로운 글쓰기의 전통으로 이어졌다. 루쉰이나 후스가 그랬듯이, 20세기 초반까지도 여전히 중견 지식인이라 하면 고전 문어체가 편리한 사람이 많았던 중국의 현실에서, 백화를 지식인의 글쓰기에 사용하자는 주장은 대단히 획기적인 것이었고, 그 의미 역시 중대하다. 어느 정도 자유롭게 읽고 쓰게 되기까지 최소한 십수 년이 걸리는 고전 문어가 근대적인 독자 대중을 키워내는 데 커다란 걸림돌임을 뚜렷이 인식했다는 뜻이다.

후스의 주장을 실질적인 작품으로 구체화시킨 것이 바로 루쉰의 「광인일기」였다. 후스와 루쉰으로 대표되는 '중국판 언문일치'는 이 시대의 가장 중요한 사건 중 하나였다. 구어체에 보다 가까운 백화의 보편화, 그것은 비로소 중국에 '국어' 즉 '근대적 표준어'가 성립되기 시작했음을 의미하기 때문이다. 근대는 방송의 시대가 아니라 활자 매체의 시대였기에, 여기서 말하는 표준어란 '글쓰기를 위한 표준적인 문체'를 말한다.

『납함』과 『방황』, 그리고 『새로 엮은 옛이야기』

『납함[吶喊]』

「자서(自序)」—루쉰 반생의 자서전

1923년에 루쉰의 최초 소설집 『납함』이 출간되었다. 중국 최초의 근대소설 「광인일기」와 루쉰의 대표작 「아Q정전」을 포함해, 총 14편의 단편[1)]이 수록되어 있다. 대체로 무겁고 어두운 분위기를 띠며, 하나같이 중국의 당대 현실에 대한 예리한 통찰 및 뛰어난 은유와 풍자로 가득하다. 소재는 다양하지만 작품의 무대는 당시 중국 사회의 현실 그 자체이며, 등장인물은 중국 사회 어디서나 만날 수 있는 보편적인 인간 군상이다.

'납함'이란 전열(戰列)의 뒤쪽에 서서 전투에 임하는 자들의 외침이란 의미로 앞장서서 싸우는 전사들의 용기를 북돋아주기 위해 뒤에서 크게 고함치는 것을 말한다. 루쉰은 몇 편의 소설로 지식인 사회의 스타가 되었지만, 결코 스스로를 시대의 전사로 생각지 않았다. 그는 이미 40세에 접어들고 있었고 이념이나 시류에 흥분하는 감성적인 청년도 아니었다. 「자서」에는 그런 그의 입장과 심경이 잘 드러나 있다. 오늘날 『납함』이 받고 있는 찬란한 역사적 평가와는 대조적으로 그 서문인 「자서」는 다음과 같은 침울한 구절로 시작된다.

> 나도 젊은 시절에는 많은 꿈을 꾸었다. 나중에는 대부분 잊어버렸지만 스스로 전혀 아쉽게 여기지 않는다. 소위 기억이란 것은 사람을 기쁘게도 하지만 때로는 사람을 어쩔 수 없이 적막하게도 한다. 정신의 실 가닥을 가버린 적막의 시간에 묶어둔들 무슨 의미가 있겠는가. 난 차라리 완전히 잊어버리지 못해 괴롭다. 이 완전히 잊어버리지 못한 일부가 오늘날 『납함』의 유래가 되었다.

「자서」는 단순한 서문이 아니라 자신의 반생을 돌아보는 글로서 루쉰 연구에서 작품 못지않게 중요한 텍스트로 꼽힌다. 어린 시절 갑자기 집안에 큰 변고가 생겨 서러움과 고초를 겪은 이야기, 그리고 난징에서 공부하던 시절과 이후의 일본 유학 시절도 회고되고, 유명한 이른바 '환등기 사건' 도 소개된다.

「자서」를 지배하는 주요 정서는 루쉰 자신의 표현을 빌리면 "적막(寂寞)"이란 단어로 요약될 수 있다. 일본 유학 시절 뜻있는 친구들과 기획했던 잡지 『신생(新生)』이 중도에 흐지부지되면서부터 "적막"이 자신의 영혼을 옭아맸다고 루쉰은 고백하고 있다. 요컨대 "어떤 일을 벌일 때 주위 사람들이 지지해주면 당연히 발전하고, 또 반대하는 사람이 있으면 분투하는 마음이 생겨 역시 전진할 수 있지만, 아무런 반응이 없을 때" 빠지게 되는 '대책 없는 허무와 외로움'이 바로 루쉰이 말하는 '적막'이다.

> 이 적막은 하루하루 커가더니 큰 독사처럼 내 영혼을 칭칭 감아 옭아매었다. 난 비록 밑도 끝도 없는 비애를 느끼기는 했지만 그렇다고 결코 분노하지는 않았다. 이 경험이 나를 반성하게 하고 스스로를 바라보게 했기 때문이다. 즉, 나는 결코 한 번 주먹을 휘두르고 소리치면 수많은 사람이 호응하는 영웅은 아니었던 것이다.
>
> 다만 나 자신의 적막만은 쫓아버리지 않으면 안 되었다. 너무 괴로웠기 때문이다. 나는 여러 방법을 써보았다. 스스로의 영혼을 마취시키려 했고, 스스로를 사람들 속에 그냥 빠져 있게 하거나 먼 옛날 고대로 돌아가게도 했다. 그 후 더 쓸쓸하고 더 슬픈 일을 여러 가지로 직접 체험하기도 하고 목격하기도 했는데,

> 그 어느 것도 다시 떠올리고 싶지 않았다. 나의 뇌와 함께 땅속에 묻어 사라지게 하고 싶을 뿐이었다. 아무튼 내 이 마취법이 효과가 있었는지 청년 시대의 비분강개하는 기분은 이제 없다.

『신청년』의 편집인이자 옛 친구인 치엔쉬엔통[錢玄同]이 루쉰을 방문한 것은 그가 "스스로의 영혼을 마취시키려고" "먼 옛날 고대로 돌아가기" 위해 고문서를 베끼며 지내던 어느 날이었다. 신해혁명의 경과와 현실에 깊은 절망을 느끼며 교육부 공무원으로 살아가던 루쉰은, 『신청년』을 중심한 신문화운동에 당초 그리 큰 열의를 보이지 않았다. 자신이 관여하는 잡지에 글을 써보라는 치엔쉬엔통의 권유에 대해 루쉰은 「자서」에 이렇게 적고 있다.

> 난 그의 말뜻을 이해했다. 그들은 『신청년』이라는 잡지를 내고 있었는데, 당시는 특별히 찬동하는 사람도 반대하는 사람도 없었다. 나는 그들이 적막을 느끼는 거라고 생각했다.

이어 루쉰은 '쇠로 만든 방'의 비유를 들며 거절의 뜻을 표한다. "쇠로 만든 밀폐된 방에 사람들이 자고 있다면"이라는 전제는 말할 것도 없이 당시 중국 현실에 대한 은유이다. 사람들은 머지않아 죽게 될 비극적인 현실을 인식하지 못한 채 잠만 자고 있다. 어차피 '쇠로 만든 방'을 부수어 그들 모두를 구출하지 못할 바에야 몇 사람을 정신 차리게 깨워본들 무슨 소용이 있겠느냐는 것이다. 몇 명을 일으켜 깨워봤자 질식하는 순간의 고통에 몸부림치며 죽어가게 될 터이니, 더 잔인한 일이 아니겠냐고

루쉰의 첫 번째 소설집 『납함』의 표지(루쉰 자신의 디자인).

루쉰은 반문한다. 하지만 결국 그는 치엔쉬엔통의 '희망'의 논리 앞에 끝내 더 이상 반론을 하지 않는다. "희망은 미래에 속하는 것"이므로 현재로서는 완전히 말살할 수 없다는 것이다. 이 독특한 희망의 논리는 루쉰의 대표적 단편 「고향」(1921)의 마지막 구절을 연상시킨다.

> 희망이란 원래 있다고도, 없다고도 할 수 없다. 그것은 땅 위의 길 같은 것이다. 땅 위에 처음부터 길이 있었던 것은 아니다. 다니는 사람이 많아지면 길이 되는 것이다.

중국 최초의 근대소설 「광인일기」가 발표되고 루쉰은 드디어 작가로 세상에 알려지게 된다. 작품에 대한 폭발적인 반향은 그를 일약 문단의 명사로 만들었다. 그러나 그는 「광인

일기」를 비롯한 『납함』 수록작품들에 대해 앞장서 애쓰는 전사들을 위로하고 용기를 주기 위한 "납함(뒤에서 외치는 고함)" 에 불과하다고 말한다. 좌절과 절망을 넘어 도달한 지식인의 담담함이 묻어나는 표현이다.

역설적이게도 그가 담담하게 고백하는 "적막" 의 기억에서 독자들이 얻은 것은 비장한 시대 인식과 사명감이었다. 결국 『납함』은 근대 중국 최대의 롱런 베스트셀러가 된다.

현재 속의 어두운 과거 -「쿵이지[孔乙己]」「흰빛[白光]」「약(藥)」

『납함』에 실린 작품들은 대부분 신해혁명 전후의 전통적 유산과 폐습을 형상화한 것들이다. 「광인일기」의 '광인' 이 구시대의 봉건적 폐습으로 고통 받는 사람들의 상징이라면, 「쿵이지」는 과거 공부를 하다가 영락한 가난한 중년 백수 쿵이지의 이야기이다. 이미 세상이 변하여 과거제도도 황제도 사라진 중화민국의 시대인데도 주인공은 틈만 나면 사람들 앞에서 유교 경전의 구절들을 들먹여 놀림을 받는다. '쿵이지' 는 사람들의 조롱과 멸시가 담긴 별명이고 본명은 미상이다. 그의 성 '쿵[孔]' 에다 고전에 흔히 쓰이는 '也' 와 '之' 의 발음을 적당히 뭉뚱그려 만든 것이다.

「흰빛」의 주인공 천스청[陳士成]도 과거 수험생으로, 거듭되는 낙방에 정신이상자가 되어 집안 대대로 숨겨놓은 보물을 찾겠다고 집 마당을 이곳저곳 파헤치는 성격 파탄자이다. 전통적 지식인의 최고 목표였던 과거 급제만을 꿈꾸다가 폐인이 된 인물을 통해 독자에게 전해지는 메시지는 뚜렷하다.

「약」에는 가난하고 무지한 농민과 새로운 세상을 위해 고투하다 죽어간 혁명가의 이야기가 비극적으로 중첩된다. 폐병에 걸린 어린 아들에게 특효가 있다는 인혈(人血)만두를 구해 먹이려는 가난한 라오슈안[老栓] 부부, 그러나 그 피는 사형당한 혁명가의 것임이 독자들에게 암시된다. 작품의 말미에 인혈만두를 먹고도 결국 죽어간 샤오슈안[小栓]의 어머니와 사형당한 혁명가의 어머니가 각각 아들의 묘지를 찾아왔다가 우연히 만나는 장면에서는, 삶의 비극성과 중국 사회의 낙후성, 그리고 그것들에 대한 비애가 선명하다. 낙후된 시대와 사회가 선량한 인간들의 삶을 어떻게 상처 주고 왜곡하는가를 보여주고 있다.

「고향」—신흥 지식인의 귀향(歸鄕)과 기향(棄鄕)

1921년 5월 『신청년』에 발표한 단편소설 「고향」은 신흥 지식인의 귀향을 그린 고전적이고 주옥같은 작품이다. 넓은 세상에 나가 공부하고 도회지에 취직한 주인공이 완전히 고향을 떠나기[棄鄕] 위해 오랜만에 고향에 돌아와서 겪는 에피소드와 감상을 그리고 있다. 일가 부양가족의 거처를 직장이 있는 뻬이징으로 옮기기 위해 일시 귀향했던 루쉰 자신의 체험이 바탕에 깔려 있다.

「고향」의 하이라이트는 주인공 쉰[迅]과 어린 시절 친구 룬투[閏土]의 30년 만의 재회 장면이다. 두 사람은 주인집 도련님과 일꾼의 아들로 처음 알게 된다. 집안에 큰일이 있을 때만 부르는 일꾼의 아들 룬투와 주인공은 자주 만날 수는 없지만 절친한 친구가 된다. 대자연 속에서 구김살 없이 커온 시골 소년 룬투는 어린 주인공 '쉰'에게는 그야말로 아름다운 영웅이다.

> "밤에는 아버지랑 수박 밭에 망보러 가는데, 너도 가자."
>
> "도둑을 지키는 거니?"
>
> "아니, 길 가던 사람이 목이 말라서 한 개쯤 따먹는 건, 우리 동네에서는 도둑질로 안 쳐. 문제는 오소리, 고슴도치, 챠[猹]야. 달빛 속에서 와작와작 소리가 들리면 그건 챠가 수박을 먹고 있는 거야. 그럼 작살을 들고 살금살금 다가가서……."
>
> "사람을 물지는 않니?"
>
> "작살이 있잖아. 다가가서 챠를 보면 찌르는 거야. 이 녀석이 얼마나 영리한지 몰라. 오히려 사람한테 달려들어 가랑이 사이로 빠져나간다니까. 가죽이 기름처럼 매끌매끌하거든……."
>
> 그때까지 나는 정말 세상에 이렇게 신기한 일이 많은 줄 몰랐

다. 해변에는 오색의 조개껍데기가 그렇게나 많다니. 수박에 그처럼 위험한 내력이 있는데도 지금껏 나는 그저 과일 가게에서 파는 것으로만 알았다.

"우리 모래밭에는 말이야, 밀물이 되면 날치들이 펄펄 뛰어오르거든. 전부 개구리처럼 발이 두 개 달렸어……."

아! 룬투의 가슴 속에는 신기한 일들이 무궁무진했다. 그것들은 모두 나의 여느 친구들은 모르는 것들이었다. 걔들은 아무것도 모른다. 룬투가 해변에 있을 때 그 아이들도 나처럼 마당의 높은 담장 위로 네모난 하늘만 보았던 것이다.

그러나 아름다운 어린 시절의 추억을 떠올리며 재회에 가슴 설레던 주인공 앞에 룬투는 생활에 찌든 모습으로 나타난다. 힘겨운 노동과 가혹한 세금으로 생활고에 시달리는 룬투의 삶은 가난한 중국 농민의 현실 그 자체였다. 특히 어린 시절에는 아름다운 영웅이던 룬투가 주인공을 "나으리"라고 부르며 반가워하는 장면은 가슴 아픈 감동을 불러일으킨다. 이 순간 주인공 쉰이 받은 충격과 상처는, 많은 독자에게 하나의 공통 체험으로 화했을 것이다.

실제 이 작품이 당시의 독자들에게 큰 감명을 준 것은, 주인공의 체험이 당대 중국의 많은 신흥 지식인들의 보편적인 체험이었기 때문이다. 직장을 위해 고향을 등지고 도회지로 이사하는 사람들이 생겨난다는 것은 근대화 과정에서 보편적으로 일어나는 현상으로, 한 사회가 초보적이나마 산업화 내지 도시화해가고 있다는 뜻이다. 1920년대의 중국은 전체적으로 미미한 상태에 불과하긴 해도 더디게나마 서서히 그런 방향으로 나아가고 있었다. 이런 시대에 '고향'은 이상과 현실의 괴리 속에서 신흥 지식인들이 체험할 수밖에 없는 안타까움과 비애를 확인하는 장소였다. 아름다운 어린 시절의 추억이 깃든 곳, 그러나 이젠 조국의 현실을 상징하듯 피폐한 모습, 더구나 근대 문화의 세례를 받지 못한 고향 사람들과는 심한 정신적 괴리감을 느껴야 하는 곳이 바로 고향이었기 때문이다. 루쉰의 「고향」은 '귀향(歸鄕)'의 이야기이자 고향을 등질 수밖에 없는 '기향(棄鄕)'의 이야기이며, 그러한 시대적 전환기의 한 단면과 비애를 절실하고 서정적으로 그려낸 고전적 작품이라 할 수 있다.

작품 말미에서 주인공은 자신과 룬투가 이제는 서로 얘기가 통하지 않는 사이가 된 것을 가슴 아파 하면서도 다음 세대는 그렇지 않을 것을 염원한다. 고향을 뒤로 하고 떠나는 배 안에서 어린 조카 훙얼[宏兒]이 어느새 친구가 된 슈이성[水生: 룬투의 아들]을 그리워하는 모습을 바라보며, 그들이 어른이 되었을 때 자신과 룬투와 같은 재회는 하지 않아도 되는 세상을 주인공은 염원해보는 것이다.

나는 누워서 배 밑창에서 들리는 물소리를 들으며 내가 나의 길을 가고 있음을 알 수 있었다. 그리고 생각했다. 나와 룬투는 이 정도로 말이 안 통하는 사이가 되어버렸지만 우리의 후배들은 그래도 한마음이다. 훙얼은 슈이셩을 생각하고 있지 않은가. 나는 그들이 나같이 사람들과 말이 안 통하는 처지가 되지 않기를 바란다……. 또 그렇다고 사람들과 함께 하고 싶다 해서 다 나같이 괴롭게 떠도는 삶을 살았으면 하는 바람은 없다. 룬투처럼 고생에 찌든 삶을 살지 않기를, 또 다른 사람처럼 고생 끝에 제멋대로 방종한 삶을 살지 않기를 희망한다.

나는 희망이라는 것에 생각이 미치자 갑자기 겁이 났다. 룬투가 제기 향로나 촛대를 가지고 싶다고 했을 때 나는 속으로 그를 비웃었다. 늘 우상숭배를 하며 한시도 그 생각을 떨쳐내지 못한다고 여기면서 말이다. 지금 내가 말하는 희망이라는 것도 나 스스로 만들어낸 우상이 아닐까? 단지 룬투의 바람은 가까운 데 있고 내 것은 멀리 있을 뿐이다.

몽롱한 가운데 나의 눈앞에 해변의 쪽빛 모래밭이 펼쳐졌고 위에는 검푸른 하늘에 황금색 둥근 달이 걸려 있었다. 나는 생각했다, 희망이란 본래 있다고도 없다고도 할 수 없는 것이라고. 그건 땅 위의 길 같은 것이다. 실은 땅 위에 원래 길 같은 건 없었지만 다니는 사람이 많아지자 길이 된 것이다.

이렇게 문학작품은 역사와 사회변동, 그리고 그 속에서 살아간 사람들의 삶의 모습과 내면을 섬세하고 리얼하게 보여준다. 문학이 한 시대 한 사회의 자화상이라 불리는 이유도 바로 이 점이며, 문학의 두드러지는 가치도 여기에 있다. 담담하고 완곡하게, 그러나 간절하게 미래와 희망에 대해 이야기하는 주인공은 루쉰 자신이라고 보아도 무방할 것이다. 다니는 사람이 많다 보면 길이 생기듯 희망도 원래부터 있는 것이 아니라 보다 나은 미래를 위해 노력하는 사람이 많아지다 보면 생기는 것이라는 루쉰 특유의 '희망론' 은, 많은 사람의 심금을 울려온 유명한 구절이다.

『방황(彷徨)』

「복을 비는 제사[祝福]」 외

『방황』(1926)은 루쉰의 두 번째 소설집이다. 1910~1920년대 중국 사회의 단면을 보여주는 11편의 단편소설[2]이 수록되어 있다. 『방황』의 대표작이라고 할 수 있는 「복을 비는 제사」는 지식인 청년 '나' 를 통해 전해지는 불행한 하층민 여성 샹린싸오[祥林嫂: 샹린댁]의 이야기이다. 음력 섣달그믐에 지내는 큰 제사인 '축복' 은, 풍성하게 음식을 장만하여 다음 해의 건강과 행복을 비는 중국인들의 오랜 전통 의례이다. 이

행사로 분주한 고향 사람들, 그리고 신식 교육을 받은 '나'를 보자마자 개혁파 인사들을 욕하는 유학자 친척 어른 등, 오랜만에 다니러 온 주인공에게 고향의 모든 것은 옛날 그대로인 듯하다. 그러나 샹린댁만은 전혀 딴 사람이 되어 있다.

루쉰의 두 번째 소설집 『방황』의 초판본 표지.

> 이번에 만난 고향 사람들 중에 그녀만큼 크게 달라진 사람은 없었다. 5년 전에는 희끗희끗하던 머리카락이 이젠 완전히 백발이 되어 도무지 사십 안팎으로 보이지 않았다. 얼굴은 심하게 수척해져 누렇고 거무스름했다. 이전의 슬픈 표정조차 흔적도 없이 사라져버려 마치 목각 인형 같았다. 그저 눈동자가 가끔씩 움직여서 살아 있는 사람이라는 것을 알려줄 뿐이었다.

친구 집을 방문하고 돌아오다 처참한 몰골의 샹린댁과 마주친 '나'는, 구걸을 할 것이라고 생각했던 그녀가 던지는 뜻밖의 질문에 당혹스러워한다.

"잘됐네요. 선생님은 배우신 분이고 또 대처 사람이니까 아는 게 많으시겠죠. 한 가지 물어보려고요……."

그녀의 흐릿하던 눈이 갑자기 빛났다. 그녀가 이런 말을 할 줄 전혀 생각지 못했던 나는 어리둥절해하며 서 있었다.

"저……."

그녀는 두어 걸음 다가서며 목소리를 낮추더니 아주 비밀스럽게 소곤소곤 말했다.

"사람이 죽은 뒤에 정말 영혼이 있나요?"

나는 섬뜩했다. 나를 응시하는 그녀의 눈을 보자 등줄기에 가시라도 찔린 듯한 느낌이었다. (중략) 나는 순간 머뭇거리며 생각했다. 이곳 사람들은 관습적으로 귀신을 믿는다. 하지만 그녀는 의심하고 있다……. 바라는 대로 말해주는 게 나을 텐데, 있기를 바라는 걸까, 없기를 바라는 걸까……. 막다른 길에 몰린 사람에게 번뇌를 더해줄 필요는 없으니까, 그녀를 위해서는 있다고 말하는 편이 낫겠다. 그래서 나는 더듬거리며 대답했다.

"있을 겁니다…… 내 생각에는요."

"그럼, 지옥도 있나요?"

"예? 지옥요?"

나는 깜짝 놀라 어물거렸다.

"지옥이라고요? 논리적으로는 있어야죠……. 하지만 꼭 그렇다고 할 수도 없고…… 그런 일엔 아무도 관심이 없는데……."

"그럼, 죽은 식구들을 다 만날 수 있나요?"

"허허, 만나느냐고요?"

샹린댁은 십몇 년 전 스물 예닐곱 살 정체불명의 청상과부로 '나'의 친척 어른 댁에 하녀로 들어왔던 여성이다. 게으름을 피우지도 않고 힘도 좋은 그녀는 곧 주인집에서 인정을 받고, 아무리 일이 고되어도 오히려 행복해했다. 그러던 어느 날, 그녀가 시집에서 도망 나온 것이 밝혀진다. 그간 주인집에 저축해놓은 샹린댁의 월급은 젊은 시어머니에게 넘겨지고, 시댁 친척들에게 납치된 그녀는 어느 산골 마을로 팔려가듯 다시 시집가게 된다. 시동생을 장가보낼 경비를 마련하기 위해서였다. 샹린댁은 자해를 하면서까지 재혼을 거부하지만 소용이 없었다. 결국 완력 앞에 굴복한 그녀는 얼마 후 아이를 낳고, 다행히 건실한 새 남편과 모처럼 안정된 생활을 누리는가 싶더니 그것도 오래가지 못한다. 새 남편도 젊은 나이에 죽고 어린 아들마저 산짐승에게 물려가 잡아먹힌 것이다. 그녀는 다시 옛날 주인댁에 하녀로 돌아오긴 하지만 옛날의 샹린댁이 아니었다. 예전처럼 민첩하지도 않고 기억력도 나빠진 데다 죽은 사람 같은 무표정의 그녀를, '나'의 친척 어른은 "불쌍하기는 해도" "풍속을 해친(수절하지 못한)" 여자라며 제사 준비에는 손도 못 대게 한다. "부정을 타서 조상

님께서 잡숫지 않는다."는 것이 그 이유였다.

어린 아들이 이리에게 잡아먹힌 자초지종을 이야기하며 흐느끼는 그녀를 모두가 동정하지만, 나중에는 온 동네 사람들이 그 넋두리를 다 외울 정도로 지겨워하며 피하게 된다. 어느 날 그녀가 똑같은 이야기를 다시 늘어놓으려 하자, 류(柳) 어멈은 서둘러 말을 가로막으며 두 번째 남편과의 첫날밤에 대해 놀리듯 캐묻는다.

> "그런데 말이야, 자네 그때 나중엔 왜 말을 들은 거지?"
>
> "나 말예요?"
>
> "그래, 자네. 내 생각엔, 그건 결국 자네 스스로가 원했던 거야. 그렇지 않으면……."
>
> "아유, 그 사람 힘이 얼마나 센데요."
>
> "못 믿겠는데. 자네 힘이 이렇게 좋은데 말이야. 정말로 그 남자를 막지 못했다고는 믿지 못하겠는데. 나중엔 틀림없이 자기도 좋아서 했을 거면서 그 사람 힘이 세서 그랬다고 둘러대는 거라고."

그러나 문제는 그 다음이었다. 샹린댁이 자의와는 관계없이 진행된 삶의 경과에 결정적인 의문과 공포를 가지게 되는 말이 이어진다.

"자네가 장차 저승에 가게 되면, 죽어 귀신이 된 두 남자가 서로 싸울 텐데, 자네를 누구한테 줘야 되냔 말이야. 염라대왕이 자넬 톱으로 잘라서 나눠줄 수밖에. 내 생각에 정말로 그건……."

샹린댁의 비극은 새삼 사람들의 놀림감이 되고, 그녀는 더욱 비참한 몰골이 되어간다. 결국 '나'에게 '영혼'과 '지옥'에 관해 물어온 것은, 그녀로서는 절대절명의 의문과 두려움에서 나온 질문이었다. 결국 세상 사람들이 새해의 희망을 다지며 성대하게 복을 비는 날 그녀는 쓸쓸히 죽어간다. 착하고 부지런했지만 운명에 농락당한 그녀의 삶은 봉건 사회 여성들이 겪게 되는 비극의 전형을 보여준다.

그 외의 대표작 「술집에서[在酒樓上]」와 「고독자(孤獨者)」는 신해혁명 직후의 신흥 지식인들의 처지와 심경을 잘 보여준다. 주요 등장인물들은 '중화민국'으로 나라 이름만 바뀌었을 뿐 근대국가와는 거리가 먼 중국의 현실 속에서 좌절과 허무감에 괴로워하는 지식인들의 형상이다. 중화민국은 이들에게 제대로 된 일자리와 생활의 안정을 제공하지 못하고 있었고, 주로 해외 유학에서 돌아온 이들 대부분은 현실 속에서 정신적·정서적으로 고립되어 있었던 것이다.

「행복한 가정[幸福的家庭]」은 한 가난한 문인의 공상과 독백으로 엮어진 일종의 블랙코미디로서 지식인의 현실을 풍자하고 있다. 그는 원고료를 위해 소설을 쓰느라 애쓰는 중인데, 소설의 제목이 바로 "행복한 가정"이다.

> 가정에는 남편과 부인, 부부가 있고, 거기다 자유결혼이라 두 사람 사이에는 40여 개조의 조약이 체결되어 있다. 조약은 상세하기 이를 데 없고, 매우 평등하고 충분히 자유롭다……. 일본 유학생은 벌써 시대에 뒤떨어지지……. 그래, 서양 유학생으로 해두자.

이른바 자유연애와 연애결혼으로 상징되는 새로운 유행에 대한 당시의 일반적 시각을 풍자하고 있다. 핵가족을 선호하고 부부 사이의 평등한 관계를 강조하는 '서양 물을 먹은 지식인'이 당시 엘리트 지식인의 이미지였음을 알 수 있다. 주인공인 '그'의 작품 구상은 군데군데 현실의 삶이 끼어드는 바람에 끊기고 만다. 아내가 땔감을 사면서 가격 흥정으로 옥신각신하는 소리, 보채는 어린 딸아이의 울음소리를 들으며 "행복한 가정"이라는 제목으로 글을 쓰는 가난한 문인의 모습. 다분히 희극적으로 그려진 지식인의 현실 속에서 역설적인 비애가 묻어난다.

그 밖에 이 시대에 대두되기 시작한 도회지의 소시민들, 월급 생활자들의 일상도 소재가 되고 있다. 더디게나마 산업사회로 이행해가는 중화민국의 사소한 단면들, 그 공화국의 이상과 현실의 괴리를 풍자한 작품들이다.

어두운 시대적 자화상 속에서 감지되는 것들

『방황』은 20세기 초반 중국 사회의 현실에 대한 충실한 기록으로, 『납함』의 연장선 위에 있다고 할 수 있다. 그러나 『방황』이 그려내는 시대상의 이면에는 놓치지 말아야 할 중요한 변화들도 감지된다. 즉, 작품 속에 등장하는 도회지의 소시민이나 월급 생활자들의 존재는 중국이 서서히 초보적인 산업사회로 진입하고 있음을 말해준다. 이를테면 원고료로 먹고사는 가난한 문인의 존재는 육체노동이 아니라 근대적 지식을 밑천으로 먹고사는 계층의 사람들이 출현했음을 의미한다. 원고료를 받고 쓴 글이 실릴 지면(신문이나 잡지 등)이 있고, 그것을 구매하는 독자가 존재한다는 뜻이다. 동시에 대부분 해외 유학 출신인 이들 지식인이 궁핍한 생활을 할 수밖에 없는 것은 문필 생활로 안정된 생활을 유지할 만한 충분한 지면과 독자를 가지지 못했다는 얘기가 된다. 여전히 인구의 대다수가 문맹인 상황에서 신문이나 잡지의 독자가 충분했을 리 없다. 상공업의 발달이 충분치 못하니 광고 수입도 여의치 않았을 것이고, 그렇다고 정부의 보조금 같은 것이 있었을 리 없다. 루쉰 자신도 경험했듯이, 당시 중화민국 정부의 재정은 때때로 공무원들의 월급을 못 줄 정도로 열악한 상태였다.

『납함』과 『방황』이 출간된 해는 각각 1923년과 1926년으로, 큰 시차가 없어 보이지만 내적으로는 대단히 파란만장한 시대였다. 당시에 루쉰은 뻬이징대학과 뻬이징여자사범대학에 출강하고 있었는데, 불온한 위험인물로 감시의 대상이 되어 있었다. 결정적으로 1926년 3월 18일 군벌 정부에 항거하는 시위에서 루쉰의 제자인 뻬이징여자사범대학 학생들이 진압대의 총에 맞아 죽거나 다치는 사건이 일어나고, 이를 격렬하게 비난하던 그는 당국의 지명수배를 받게 된다. 뻬이징을 탈출한 루쉰은 대륙의 남쪽 끝자락에 위치한 아모이[厦門]를 거쳐 꽝져우[廣州]로 간다. 쑨원의 권위를 계승한 쟝제스[蔣介石, 1887~1975]의 국민당 군대가 '북벌(北伐)'을 준비하고 있던 곳이다. 당시 중국의 당면한 정치적 과제는 근대화를 강력하게 추진할 중앙정부의 출현이었고, 그것을 위해서는 우선 군벌들을 정리하는 북벌, 즉 '중국의 재통일'이 우선되어야 했다.

『새로 엮은 옛이야기[故事新編]』

루쉰의 세 번째이자 마지막 소설집인 『새로 엮은 옛이야기』는 1936년 1월 그가 세상을 떠나기 약 9개월 전에 출간되었다. 총 8편의 단편소설[3]이 수록된 이 작품집은 고대의 전설이나 역사에서 그 소재를 취하고 있는 점이 독특하고, 『납함』

이나 『방황』에 비해 난해한 세계로 알려져 있다. 따라서 다른 작품집에 비해 상대적으로 연구 성과는 적은 편이나, 앞서 나온 두 소설집의 사실주의와는 다른 방식의 창작 기법으로 루쉰의 내면세계와 현실 인식이 표출되어 있는 것으로 평가된다. 고대의 전설이나 신화 또는 역사에서 소재를 취하고 있어 이전의 단편소설들에 비해 매우 특이한 작품들로 보이지만, 현실에 대한 고민과 비판 의식에서 유래했다는 점은 『방황』이나 『납함』의 경우와 다를 바 없다. 판타지나 공상과학소설도 얼마든지 현실의 패러디로 읽을 수 있듯이, 『새로 엮은 옛이야기』의 등장인물들과 에피소드도 당대 중국 사회의 많은 문제에 대한 은유와 풍자로 읽을 수 있을 것이다.

수필, 산문시, 서간집, 그리고 잡감

『아침 꽃을 저녁에 줍다[朝花夕拾]』 『들풀[野草]』 — 폭풍의 시대, 잔잔한 독백

세 권의 소설집 『납함』 『방황』 『새로 엮은 옛이야기』와 학술 논문 및 번역을 제외하면, 루쉰의 저작 대부분은 '잡감(雜感)'으로 불리는 문학성 높은 사회·정치·문화 평론이 차지한다. 그런 가운데 수필집 『아침 꽃을 저녁에 줍다』와 산문시집 『들풀』은 다소 이례적인 글쓰기에 속한다. 둘 다 뻬이징의 군벌 정부와 난징에서 '북벌'을 준비하던 국민당의 대립으로 중국 사회가 또 하나의 격동기를 맞이하고 있던 1926년 전후의 글들이다. 이 시절 루쉰은 뻬이징의 군벌 정부로부터 지명수배를 받고 외국인이 경영하는 병원을 전전하며 피신을 다니는 등 개인적으로도 폭풍의 시대였다. 그런 의미에서 『아침 꽃을 저녁에 줍다』와 『들풀』은 마치 폭풍 속의 바위틈에 피어난 들풀 같은 존재라고 할 만하다.

『아침 꽃을 저녁에 줍다』는 유소년기인 청말에서 청년기의 신해혁명에 이르기까지의 과거를 회상하는 10편의 수필로 이루어져 있다. 루쉰의 성장 과정 및 그의 성격 형성과 내면을 엿보게 해주는 잔잔하고 주옥같은 글들이다. 예를 들어 「아챵[阿長]과 산해경(山海經)」은 어린 루쉰에게 어른들 몰래 그림책을 사다 준 하녀 '아챵'에 대한 추억으로, 루쉰은 어릴 적부터 그림 그리기를 좋아하고 유교 경전 대신 신화나 전설, 그리고 그에 관련된 삽화에 열광하는 상상력 풍부한 소년이었음을 알 수 있다. 그 밖에 아버지가 와병 중에 어이없고 미신 같은 민간요법으로 고생했던 체험의 기록인 「아버지의 병」, 센다이의전 시절의 은사를 추억하는 「후지노[藤野] 선생」 등이 있다. 해부학 교수 후지노 선생이 당시 유일한 외국인 유학생이던 자신의 필기 공책을 매주 체크하고 교정해준 것, 그 과정에서 시험문제를 미리 가르쳐주어 낙제를 면할 수 있었다고 비난하는 익명의 편지를 받게 된 것 등이 회고된다. "중국이라는 나라가 한심하니 그 나라 사람도 한심할 것이라 여긴다."고 생각하며 루쉰은 깊은 상처를 받는다. 이 사건은 루쉰이 『납함』의 「자서」에서 회고하듯, "의학이란 별로 중요

센다이의전 시절의 은사 후지노 선생이 이별 기념으로 준 사진. 루쉰과 후지노 선생의 인연은 중국과 일본에서 양국 우호의 상징으로 활용되기도 한다.

한 것이 아니"라는 생각을 부채질했을는지 모른다. 귀국 후 자신의 책상 앞에 후지노 선생이 이별 기념으로 준 선생의 사진을 붙여두고, 20년 후 일본에서 『루쉰선집[魯迅選集]』(岩波文庫, 1935)이 출간될 때 「후지노 선생」은 꼭 수록해줄 것을 요청했으리만치 그는 평생 루쉰의 가슴에 남은 존재였던 것 같다.

산문시집 『들풀』에는 루쉰의 어두운 내면과 철학적 사유가 격정적인 시어로 표현되어 있다. 출판 당시 더해진 「머리말[題辭]」를 제외하고 총 23편의 산문시가 수록되어 있다. 루쉰은 젊은 시절 바이런을 비롯한 세기의 낭만파 시인들에 깊이 매료되었고, 20대 초반에서 죽기 전까지 뛰어난 한시(漢詩)도 몇 편 남길 정도로 본래 시에 대한 관심과 시적 감수성이 풍부했다. 루쉰의 지인들에 의하면, 루쉰 스스로 "자신의 철학은 모두 『들풀』에 들어 있다."고 말한 바 있고, 연구자들도 이 산문시집을 "철학적" 혹은 "시와 철학의 융합"이라 평하고 있다. 철학이 보통 추상적 개념을 다수 동원하는 데 비해, 『들풀』의 시편들은 비교적 평이한 언어로 인간으로서의 존재 방식을 자신의 문제로서 자문하는, 넓은 의미에서의 철학적 사유라고 할 수 있다.

『들풀』은 러시아 작가 투르게네프의 영향이 지적되고 있는데, 수록된 시편 중 「그림자의 고별」 「개의 반박」 「의견 발표」 등은 그 모방작으로 보아도 좋을 만한 것으로 평가된다. 근대문학 형성기의 동아시아에 19세기 러시아 문학이 끼친 영향을 다시 한 번 확인하게 되는 구절이다. 한 나라의 문학이란 스스로의 전통만으로 이루어진 것이 아니라, 전통과 당대 현실의 조화와 충돌, 그리고 다른 문화권의 문학 및 사상과 교류하고 갈등하는 과정 속에서 형성되는 것이라는 사실을 새삼 일깨워준다.

『양지서(兩地書)』 — 베스트셀러가 된 명사(名士)의 러브레터

루쉰이 평생 여러 사람과 주고받은 수천 통의 서신은, 루쉰 연구에서 빼놓을 수 없는 텍스트이다. 루쉰과 가장 많이 사적 서신을 주고받은 상대는 그가 뻬이징여자사범대학에 출강하던 시절의 제자요, 훗날 애인이 되는 쉬광핑[許廣平]일 것이다. 그녀는 4·12[4] 쿠데타 이후 국민당 근거지 광쩌우[廣州]의 극우적 공포 정치의 분위기를 견디지 못하고 상하이로 탈출하는 루쉰과 행동을 같이한 이래, 그가 지병으로 세상을 떠나기까지 상하이에서 같이 생활했던 여성이다. 사제지간에서 출발해 뜻

말년의 루쉰, 쉬꽝핑과 아들 하이잉.

을 같이하는 동지로, 나중에는 연인으로 발전한 쉬꽝핑은 루쉰과 정식으로 결혼하지는 않았지만 루쉰의 실질적인 아내였고, 두 사람 사이에 루쉰의 유일한 자식인 아들 하이잉[海嬰]이 있다.

쉬꽝핑과의 서신 교환이 시작된 1925년 3월 당시 루쉰은 마흔네 살의 교육부 관료이자 베스트셀러 『납함』의 저자요, 빼이징대와 빼이징사범대, 빼이징여사대에서 중국소설사를 강의하는 학자이기도 했다. 1920년 8월부터 진행된 강의록을 토대로 출간된 『중국소설사략(中國小說史略)』(1924)은 이 방면의 뛰어난 학술적 업적으로 평가된다. 빼이징여사대에서 루쉰의 강의를 들은 학생 쉬꽝핑은, 꽝쩌우의 고급 관료 집안 출신으로 집안끼리 약속된 약혼을 깨고 집을 나와 사범학교에 진학한 스물일곱의 전형적인 신여성, 이른바 '중국의 노라' 였다.

신문화운동기를 거쳐 자유연애가 신지식인들의 라이프스타일로 정착되어가던 당시, 독서 능력을 가지고 서구적 가치관과 생활 방식을 수용한 젊은 여성들의 숫자는 많지 않았다. 고등교육을 받은 사람들 가운데 여성이 2퍼센트에 불과할 정도로 극심한 남녀 성비의 불균형은, 불가피하게 여학생의 존재 가치를 극대화시켰을 것이다. 한 여학생을 둘러싸고 여러 남학생이 자유연애의 경쟁을 벌이는 것은 흔한 일이었다. 그런 시대에 문단의 거두라 할 수 있는 유명인이 젊은 여학생과 사랑에 빠졌다는 것은 충분히 스캔들이 될 만한 사건이었다. 실제 쉬광핑을 짝사랑하던 남학생의 심한 비난과 모함에 시달렸을 만큼, 루쉰에게 쏟아지는 남학생들의 질시 어린 반발도 만만치 않았다.

물론 1920년대 중국에서는 여전히 10대 후반이 되면 집안 어른들에 의해 본인의 의사와는 상관없이 결혼해야 하는 것이 일반적이었다. 그래서 신학문을 접하면서 만나게 된 신여성과의 연애나 혼외 관계에 대해서 지식인 사회가 비교적 관대한 편이었다고 할 수 있다. 그러나 루쉰은 집안의 몰락을 겪은 어머니의 간곡한 권유 때문이었다고는 하지만, 그는 이미 유부남이었고 중화민국 형법에는 엄연히 '간통죄' 의 규정이 있어서 최악의 경우 처벌될 수도 있는 형편이었다. 그런 의미에서 1933년 상하이에서 루쉰이 쉬광핑과의 왕복 서신을 수정·보완하여 『양지서』를 출간한 것도 몇 년 간 두 사람의 관계를 바라보는 불편한 시선들에 대한 항변이었는지도 모른다. 스무 살 가까이나 어린 젊은 제자와의 왕복 서간집을 생전에 출간한 행위는 루쉰의 성격으로 미루어보건대 분명 이례

쉬꽝핑이 루쉰에게 보낸 첫 번째 편지.

적인 일이며, 그것은 이러한 배경을 염두에 두고 이해할 필요가 있다. 문학작품이나 사회적 이슈, 신변잡기 등을 화제로 두 사람 사이를 오간 글월 모음집인 『양지서』는 『납함』에 버금가는 베스트셀러가 되었고, 이는 상하이 시절 고정 수입이 없던 두 사람의 생계에 적지 않은 도움이 된 것으로 보인다.

"양지서"란 '두 군데의 땅[兩地]을 왕래한 서간 모음'이라는 뜻으로, 1925년 3월부터 1929년 6월까지의 서신 가운데 135통을 뽑아 수록한 것이다. 특히 쉬꽝핑이 처음으로 루쉰에게 편지를 쓴 시기부터 루쉰이 뻬이징을 탈출하는 1926년 8월 이전까지만 따져보더라도, 직선거리 2킬로미터 정도에 불과한 루쉰의 자택과 그녀의 학교 기숙사 사이를 평균 사흘에 한 통꼴로 서신을 주고 받았음을 알 수 있다. 진지하면서도, 나중엔 미묘한 연정(戀情)이 묻어나기도 하는 글월들이다.

잡감 — 문학적 시사평론

잡감(雜感)은 대부분 1920년대 후반 루쉰의 개인적인 격동기 이후부터 샹하이에서 작고하기까지의 글들이다. 특히 1926년경은 군벌 정부의 탄압으로 신변의 위협을 느끼는 등 다사다난한 시기였다. 결국 루쉰은 당국의 지명수배를 받는 몸으로 뻬이징을 탈출해, 아모이대학을 거쳐 1927년 1월 꽝쩌우[廣州]의 쭝샨[中山]대학 문과 교수가 된다. 하지만 북벌(北伐)을 앞두고 국민당이 결집해 있던, 이른바 혁명의 근거지의 분위기에 루쉰은 깊은 실망감을 감출 수 없었다. '혁명'이란 본래 『맹자(孟子)』에 나오는 말로서 중국인에게는 일찍부터 친숙한 개념이었다. 천하의 권력자가 도를 행하지 못하면 하늘이 "명(命)을 바꾸어[革]" 천하의 권력이 다른 사람에게 넘어간다는 뜻으로, 신해혁명을 전후해서 새로운 국가(근대국가) 건설의 의미로 재해석되어 쓰였다. 이 시점에서 북벌은 곧 혁명의 한 과정이었다. 신해혁명이 일어나고 얼마 못 가 북양 군벌 위엔스카이[元世凱]에게 총통 자리를 넘겨주고 일본에 망명해야만 했던 쑨원은, 1925년 "혁명은 아직 실현되지 않았으니……."라는 유명한 유언을 남기고 세상을 떠났다. 루쉰이 쑨원의 죽음에 깊은 슬픔을 느낀 것은 쑨원이 '혁명'의 진정한 의미를 이해하는 많지 않은 지도자들 가운데 한 사람이었다고 생각했기 때문이다. 진정한 '공화국=근대국가'로 거듭나기 위해서는 아직 갈 길이 멀다는 쑨원의 인식에 깊이 공감하고 있었던 것이다. 루쉰에게 '혁명'이란 단순한 정치체제의 변화가 아니라 '근대적 인간=국민(시민)'을 만드는 계기이자 과정이었고, 루쉰은 문필 활동을 통해 그 과정에 관여했던 셈이다.

'잡감(雜感)' 혹은 '잡문(雜文)'은 루쉰이 이 시기를 전후해서 본격적으로 발표하기 시작한 에세이들을 스스로 이르는 표현이다. 한마디로 시사적인 소재나 주제를 두고 써낸 자유로운 필치의 평론으로, 높은 문학성과 문제 제기의 적확함, 예리한 비판성으로 유명하다. 『루쉰전집』 전 16권(인민출판사, 뻬이징)의 대부분을 차지하는 이들 잡감을 통해, 그는 중국 사회의 현실과 모순을 직접적으로 또는 우회적으로 질타하고 있다.

'구국을 위한 문학'에서 출발한 루쉰의 문필 활동은 이렇게 소설, 평론, 수필, 산문시 등 다양한 장르를 통해 근대 중국의 내적 의미와 과제를 수립하고 모색해간 행위였다고 할 수 있다. 이 과정에서 독자들에게 사상적·감성적 계발의 동기를 부여한 내용 못지않게 중요한 또 하나의 의미는, 바로 근대 중국어(표준어)의 성립에 가장 구체적인 기여를 했다는 점이다.

국어와 근대문학의 관계

'국어 사랑=나라 사랑'의 시대

모든 '말'은 원래 특정한 지역의 방언으로 존재하는 것이었다. 그러다가 각 지역의 좁은 울타리를 넘어 전국이 하나의 국가 및 문화 공동체로 엮이는 근대에 들어서면서 자연스럽게 '표준어'라는 것이 형성되었다. 예를 들어, 말할 때는 출신 지역 특유의 발음법과 억양으로 말하지만 글쓰기에서는 보다 다듬어진 형태의 언어를 구사하게 된다. 중국의 표준어를 '뻬이징어'라고도 불렀듯이, 주로 수도권 지역의 말이 주변 지역의 토속어들과 영향을 주고받으며 전국적으로 통용되는 언어로 정착하게 된다. 이 과정에서 선진 사회의 근대문명을 자기화하는 가운데 태어난 대량의 신조어와 외래어가 더해진다. 이런 현상을 성립시키고 보편화시키는 매개가 바로 신문, 잡지, 단행본 등의 활자 매체와 학교 교육(교과서)이다. 현대사회에서는 표준어 보급에 방송(텔레비전, 라디오)과 인터넷의 영향력이 크게 더해졌으나, 근대사회로의 이행기에 표준어는 주로 글쓰기 문체(문어)를 가리키고 그것을 확립하는 데 활자 매체와 학교 교육의 역할은 절대적이었다. 이런 것들을 통해 일정하지 않은 발음과 억양을 쓰던 사람들도 자연스럽게 '표준어=근대적 글쓰기 문체'를 습득하게 되었다.

이렇게 국어의 바탕이 되는 전국적 범위의 표준어를 통해 자기 나라 언어와 민족에 대한 자의식, 자부심도 자연스럽게 형성된다. 한 국가 공동체가 본격적인 근대화 추진 단계에 들어서면 흔히 '국어 사랑=애국 애족'이 적극 강조되는 것도 이 때문이다. 우리나라의 경우 일본어가 '국어'일 수밖에 없었던 일제 강점기에는 이런 언어적 내셔널리즘 현상은 해방 이후로 미루어졌고, 오늘날에는 이 문제가 더 이상 화두가 되지 않는 것은 그만큼 정치적 독립성과 자주성을 배경으로 우리말의 보편성과 권위가 당연한 것으로 정착되었기 때문이다.

하나의 말이 다양하고 깊이 있는 표현이 가능한 고급 언어로 발전하려면 예외 없이 '표준어=국어'로의 형성 과정을 거쳐야 하는데, 이 과정에 내적으로 깊이 관여하는 것이 바로 문학이다. 또 그것이 구체적인 효과를 드러내는 데는 근대적 활자 매체의 보급과 불가분의 관계에 있다. 활자 매체가 제공하는 지면을 채우기 위해, 교육제도를 통해 대중에게 전달될 지식의 문자화를 위해 보다 이해하기 쉽고 다듬어진 글쓰기가 요구된다. 그 속에서 말은 점차 세련된 언어(문학어, 학술어)로 성장한다. '우리 민족의 언어'라는 강렬한 자의식을 동반한 국어로 다듬어지는 것이다. 그 역할을 포괄적으로 수행한 소프트웨어가 바로 문학이고, 그중에 가장 대표적인 장르가 소설이었다. 근대문학의 주류가 일반적으로 소설인 것도 크게는 이런 이유에서이다.

이렇게 국어와 근대문학의 형성이 모든 근대사회의 공통된 특징이라면, 문맹 퇴치는 그 모든 것을 위한 기본 전제라고 할 수 있다. 문자를 통한 고급 지식 및 정보를 독점함으로써 나머지 절대 다수의 사람들을 지배하는 상태야말로 '봉건사회=전(前)근대사회'의 기본 특질이다. 청말의 양무운동이나 변법자강운동이 성공할 수 없었던 원초적인 배경도 여기에 있다. 새로운 사상과 문물을 접할 수 있는 대중매체, 즉 정보가 유통될 인프라도 충분하지 않았지만, 난해한 고전 문어체로 되어 있다는 것이 보다 근본적인 문제였던 것이다. 그런 의미에서 보다 읽기 쉬운 글, 즉 글쓰기를 위한 표준어(새로운 문어)의 창출은 시급한 과제였다. 결국 이 문제는 1910년 후반 신문화운동기에 이르러 새로운 글쓰기 전통이 확립되면서 큰 발전을 보았다. 이후 비로소 백화는 지식인과 보통사람들의 글쓰기 문체가 되고, 소설을 비롯해서 백화체로 된 다양한 장르의 글은 오락과 지식을 동시에 제공하는 고급스러운 읽을거리로 각광받게 되었다.

루쉰은 바로 문학을 통해 이러한 시대적 과제에 가장 깊숙이 관여한 작가이다. 루쉰뿐만이 아니라 각국의 근대문학 형성기의 문호들은 저마다 자기 나라에서 이 같은 역할을 수행한 문학인들이라고 할 수 있다.

물론 신문화운동기를 거치면서 일단 백화체가 중국어 글쓰기 문체의 주류로 부상했다고는 하지만, 그 궁극적인 목표인 대중화가 달성되기까지는 많은 시간을 필요로 했다. 아무리 백화라 해도 한자로 표기되는 것이어서 표음문자 체계를 가진 언어들에 비해 여전히 월등히 많은 학습 시간과 노력이 필요했기 때문이다. 「아Q정전」 서문에서도 중국어의 로마자화가 주장될 정도로 이 문제는 근대화의 근본적인 장애였다. 결국 문맹 퇴치는 1949년 중화인민공화국 성립 이후의 최대 현안으로 넘겨진다. 1949년 건국 당시 중국의 문맹률은 인구의 80퍼센트에 달하고 있어서 '문자 생활의 대중화'는 가장 시급하고 절실한 문제였다. 글자의 획수와 형태를 단순화시킨 간자체(簡字體)가 통용된 것도 이런 고민에서 나온 선택이었다. 한자가 제아무리 유구한 역사의 위대한 문화유산이라

해도 보통사람들이 배우고 쓸 수 없으면 의미가 없다는 판단은 자연스러운 결론이었다. 문자로 된 지식과 정보를 통해 타인과 세상과 만나고 그 속에서 자신을 돌아보는 과정이 없으면, 인간은 근대적 국민(시민)으로 성장할 수 없기 때문이다.

근대의 내적 이데올로기로서의 문학

지구상에 존재하는 수천 개의 언어가 모두 문학과 학술의 역사를 가지는 것은 아니다. 문학과 학술의 발달이 없으면 고급화된 언어로 존재할 수 없다. 풍부하고 세련된 언어란 하나같이 근대적 활자 매체를 통해 근대문학과 학술의 성숙 과정을 겪은 언어들인 것이다. 문학어 또는 학술어로서의 발전 과정을 거치지 않았다면, 크고 작은 특정 지역공동체에서 통용되는 어느 정도 표준화된 언어에 불과하다. 표현의 섬세함과 풍부함에도 명백히 한계가 있을 수밖에 없다. 그런 점에서 문학(Literature)은 근대적 국어의 형성과 보급에 가장 깊이 관여한 예술 장르이다.

오늘날과 같은 의미로서의 문학은 19세기 후반에서 20세기 초에 걸쳐 일본과 중국, 한국에 근대 문물의 하나로 수용되었다. 전통적으로 동아시아에서 '문(文)'은 세상을 경영하는 데 필요한 도구였기 때문에, 중산층의 오락으로 발전해온 서구의 근대문학은 동아시아 지식인들에게 낯선 박래품일 수밖에 없었다. 그러나 이 낯선 읽을거리는 선진 문물의 하나로 받아들여졌고, 중국과 한국의 특수한 현실 속에서 기존의 고유한 전통과 부딪히면서 어우러져 새로운 글쓰기 전통의 확립으로 이어졌다. 특히 중국과 한국의 근대에서 문학은, 국가적·민족적 위기 속에서 '우리나라' '우리 민족'이라는 공동체 의식이 빠른 속도로 형성되고 보급되는 데 직간접적으로 큰 공헌을 했다. 반(半)식민지 혹은 식민지 처지에 놓여 있던 중국과 한국의 지식인들은 문학을 단순히 교양이나 오락으로서보다는 국가와 민족의 현실을 고민하고 표현하는 방법으로 받아들였던 것이다. 중국과 한국의 대표적인 근대 지식인들 대부분이 문학인이었다는 것도 그런 역사적 조건과 현실을 반증한다. 또 한편으로 문학은 대중적인 영향력을 가지면서도 비(非)정치적인 것으로 이해되기 쉬워, 노골적인 표현을 하지 않는 한 지배 권력의 직접적인 탄압을 피하기는 상대적으로 용이하다. 이를테면 현실 비판적 의사 표현이 허용되지 않은 식민 체제하에서의 문학은 '비(非)정치성을 표방한 정치적 메시지(식민지 혹은 반(半)식민지 현실에 대한 비판)'일 수 있다. 그런 의미에서 문학은 그 자체가 은유일 수 있고, 그 은유 너머의 중층적인 의미를 읽어내려는 노력을 필요로 한다.

이렇듯 20세기 초반의 중국과 한국의 지식인들은 각각의 특수한 정치·사회적 현실 속에서 문학을 통해 시대적 고민과 과제에 깊이 관여했다. 한 나라의 근대를 깊이 있게 이해하는 데 근대문학의 이해가 필수적인 이유를 전형적으로 보여준다. 문학의 장르 가운데서도 가장 대중적인 읽을거리인 '소설'의 역할은 더욱 뚜렷했다. 소설 속 주인공의 생각과 체험과 운명에 울고 웃으며 독자들은 자기도 모르게 당대 현실의 고민에 눈뜨고, 민족 공동체와 자신의 운명을 연결 지어 생각하는 정치적 존재로 성장하게 되었던 것이다. 이런 현상은 서구 근대에서보다 짧은 기간 안에 압축된 근대를 경험한 국가일수록 두드러진다.

루쉰의 작품은 그의 사후는 말할 것도 없지만 살아생전에 이미 국어 교과서에 빠지지 않고 실린 주요 콘텐츠였다. 이는 그의 삶과 작품이 민족 및 문화 공동체의 통합 매개로 활용되었음을 의미하는 것이다. 학교 교과서에 반드시 문학작품이 실린다는 것은, 근대문학이 '국민의 양성=근대국가 건설'의 과정에 내적으로 깊이 관여했다는 뜻이다. 근대문학이야말로 이른바 '근대국가 건설(근대적 국민의 양성)의 내적 이데올로기'였다고 말할 수 있는 커다란 이유 중 하나이다.

중국은 세계에서 가장 오랜 글쓰기 전통을 가진 나라 가운데 하나로 꼽힌다. 중국 최초의 시가집 『시경(詩經)』을 비롯한 대표적 고전들은 지금으로부터 2500~3000여 년 전에 성립되었으며, 일찍이 한반도 지식인들에게도 친숙했던 사서삼경, 역사서의 전범으로 일컬어지는 사마천의 『사기(史記)』 등은 이미 2000여 년 전에 한자를 매개로 하는 고전 문어체가 확립되었음을 말해준다. 이러한 글쓰기의 유구한 전통은 장구한 세월과 수차에 걸친 이민족의 침략에 의한 혼란 속에서도 근본적인 단절 없이 면면히 계승되고 발전되어왔으며, 중국 근대를 대표하는 루쉰의 작품들 역시 기본적으로 이런 도도한 흐름의 연장선상에 있다고 할 수 있겠다. 그러나 루쉰의 작품들은 그 문체나 주제, 나아가 역사적 의의 면에서 과거 수천 년의 전통적 글쓰기와 뚜렷한 차이를 보여주는 현대의 고전이며, 「아Q정전」은 그중에서도 대표적인 고전이다. 20세기 초반 중국의 낙후된 현실과 그 내면을 그려낸 「아Q정전」은 그야말로 '미완의 근대국가' 중화민국이 추구해야 할 내적 과제를 역설적으로 형상화한 작품이라고 할 수 있다.

근대적 국가 및 국민의 출현에 대한 열망

근대국가(국민국가, 민족국가)란 주권재민(主權在民)과 법치(法治)를 원칙으로 하는 국가 형태를 말한다. 혈통에 의한 세습이 아니라 다수 국민의 합의로 위임된 권력에 의해 운영된다는 점에서 이전의 왕조 국가들과 결정적으로 다르다. 즉, 공화국이나 입헌군주국의 형태로 존재하는 근대국가의 정치권력은 원칙적으로 평등한 권리와 의무를 가지는 국민으로부터 나온다. 그래서 근대국가의 성립은 곧 그 구성원인 국민의 등장을 의미하기도 한다. 선거를 통해 사람들의 의사를 대변하는 대표가 구성되고 이들이 헌법을 비롯한 각종 법률을 제정하면, 그것에 의거하여 사회질서가 유지되고 사람들은 각자의 생업에 종사하며 삶을 영위하는 것이다. 근대국가의 시스템이 가장 먼저 뿌리내린 영국과 프랑스를 비롯해서 독일, 이탈리아 등 서유럽 국가들은 18~19세기에 걸쳐 산업혁명 및 수차례의 정치적 격변을 겪으며 자본주의 시장경제와 시민사회를 발전시켰다. 이 발전 과정은 많은 우여곡절과 시행착오를 거치면서 근대적 시민(국민)과 국가 시스템이 정착된 경로이기도 하다.

중국의 경우, 아편전쟁에 패배한 이래 청 왕조와 선각자들의 노력이 전혀 없었던 것은 아니나 '세상의 중심'이라는 문화적 자부심과 우월 의식은 여전했고 서구 문물에 대한 수용 노력은 부분적이고 소극적이었다. 아편전쟁 이후 수십 년간의 내우외환과 정치적 격변을 거친 뒤 중국은 드디어 신해혁명(1911)에 의해 1912년 중화민국으로 거듭났다. 그러나 이 아시아 최초의 공화국은 명색만 근대국가였을 뿐, 그에 걸맞은 내실은 거의 갖추지 못하고 있었다. 중화민국의 고민과 당면 과제는 한마디로 더 이상 '황제의 백성'이 아닌 '국민'을 양성하는 일이었지만, 엄청난 현실적 난관은 단시일 내에 극복되기 어려웠다. 우선 거대한 영토와 인구, 게다가 수천 년에 걸쳐 소수의 엘리트들에게 독점되다시피 한 문자 생활과 고급 지식, 그리고 19세기 후반에 이르기까지 인구의 압도적 다수가 문맹이었다는 점 등을 들 수 있다. 서유럽처럼 오랜 시간을 두고 시민사회의 성장을 거쳤다거나 일본처럼 급속

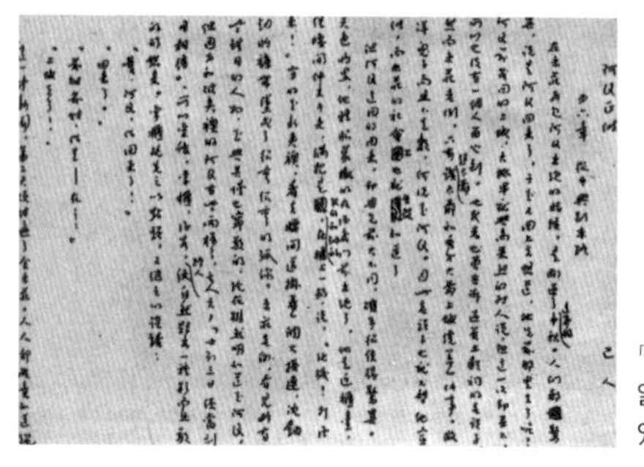

「아Q정전」의 루쉰 자필 원고. 유일하게 이 한 장만 남아 전해지고 있다.

한 '위로부터의 근대화'에 성공한 경우가 그러하듯, 근대국가 성립이란 근대적 국민(시민)의 출현을 의미하고, 이를 위해 문맹 퇴치는 필수 불가결한 부분이다. 제도 교육과 활자매체의 보급을 통해 공통의 언어로 유통된 각종 정보와 지식을 공유함으로써 익명 다수의 사람들이 '우리'라는 의식을 키워가게 되고, 그런 가운데 형성되는 '상상의 공동체(Imagined Community)'가 바로 근대적 국민의 정체이기 때문이다.

그런 의미에서 중화민국은 국민이 부재한 상태에서 급조된 공화국이었다. '마지막 황제' 푸이[傅儀]를 끝으로 청조의 몰락과 함께 중국의 수천 년 왕조 체제가 종식을 고했지만, 중국 땅에 살아가는 대다수의 보통사람들은 여전히 '또 다른 황제'를 기다리는 백성에 지나지 않았다. 신해혁명 후 얼마 되지 않아 권력은 공화국의 본질을 이해하지 못하는 군벌 출신 중심의 정부에게 넘어갔고, 현실적으로 별로 달라진 것이 없었다. 제국주의 열강의 침탈 앞에 여전히 중국은 무력하기만 했다.

루쉰의 「아Q정전(阿Q正傳)」은 이러한 험난한 역사적 체험이 탄생시킨 문학적 결과물이다. 표면적으로는 신해혁명 전후 중국 사회의 현실을 풍자하고 있지만, 인간과 사회의 보편적 약점을 리얼하고도 희극적인 은유로 형상화시킨 작품으로, 시대와 국경을 넘어 공감의 대상이 되어왔다. 이보다 앞서 루쉰의 이름을 세상에 알린 단편소설 「광인일기」에서 정신이상자 취급을 받는 광인의 입을 빌려 전통과 인습의 비인간적 측면을 인육을 먹는 습관이라는 충격적인 비유로써 통렬하게 비판했듯이, 껍데기만 남은 전통에 집착한 채 새로운 시대의 변화와 의미에 둔감한 미완의 공화국 중화민국의 현실을 통해 그 반어적 진실을 상상하고 열망하게 하는 것, 이것이 바로 루쉰 문학의 출발점이자 지향점이었다. 「아Q정전」은 이러한 루쉰 문학의 성숙기와 본질을 선명하게 보여주는 최고의 대표작이라고 할 수 있다.

중국인의 일그러진 자화상—정신승리법

'아Q정전'을 글자 그대로 해석하면 '아Q라는 사람의 전기(傳記)' 또는 'Q의 이야기'라는 뜻이다.('아'는 친근하거나 혹은 만만한 상대의 호칭 앞에 붙는 접두사이다.) 예로부터 중국에 특정 개인의 일대기는 흔하지만, 그중에서도 「아Q정전」은 여러 가지로 특이한 제목이다. 우선 주인공 아Q는 일대기로 기록되어 전해질 만큼의 인물이 전혀 아니라는 점이다. 그는 정확한 성도 이름도 알려지지 않은 채 '웨이쮸앙[未莊]'이라는 가공의 공간에서 '아Q'라는 이름으로 불리며 날품팔이 노동으로 먹고살다가 혁명의 어수선함 속에서 영문도 모르고 사형당한 뜨내기 남자, 일자무식의 하층 룸펜이다.

그러나 '아Q'라는 캐릭터 속에는 의미심장한 갖가지 은유가 숨어 있다. 그 속에는 20세기 초반 여전히 근대적 국민의 모습과는 동떨어진, 중국인의 일그러진 외양과 내면이 총체적으로 녹아 있다. 아둔하고 자기중심적이며 강한 자에게 약하고 약한 자에게 강한 기회주의적 캐릭터 아Q는, 루쉰이 바라본 중국인들의 보편적 자화상이라고 할 수 있다. 당대의 신흥 지식인 및 그 후보군(해외 유학 출신의 신문화운동 주도 세력과 그 동조자들, 즉 독자들)에게 「아Q정전」은 그야말로 암울한 현실에 대한 절실하고 통쾌한 패러디인 동시에 안타까움과 사명감을 일깨우는 작품이기도 했다.

「광인일기」(1918) 이래 몇 편의 단편소설을 발표해온 루쉰이 「아Q정전」을 집필한 것은 1920년대 초의 일이다. '빠런[巴人: 하찮은 사람]'이라는 의미의 필명으로 주간지 『신보부간(晨報副刊)』에 1921년 12월 4일부터 이듬해 2월 12일까지 연재되었는데, 독자들의 반향은 대단했다. 사람들은 저마다 '아Q'의 모습에서 자신의 모습과 주위 사람들의 모습을 발견하고는 놀라고 당혹스러워했다. 루쉰은 몇 년 후 당시의 상황을 이렇게 회고하고 있다.

> 「아Q정전」이 한 회 또 한 회 단락을 지어 발표되고 있을 무렵, 많은 사람이 다음엔 자기가 당하는 차례가 아닐까 하고 전전긍긍했다. 또 실제로 친구 중 한 사람은 얼굴을 맞대고 내게 이렇

게 말하는 것이었다.

"아무래도 「아Q정전」의 어제 얘기는 내 험담인 것 같단 말이야." 그리고 "「아Q정전」의 작자는 아무개가 분명해. 왜냐하면 나의 그 일을 알고 있는 사람은 아무개밖엔 없거든……."

—「「아Q정전」의 내력」, 『화개집 속편(華盖集 續篇)』

「아Q정전」은 아Q라는 가공의 인물과 그 주변 사람들의 모습을 통해 신해혁명 전후 중국 사회의 현주소를 리얼하게 보여준다. 작품 무대가 되는 '웨이쮸앙[未莊]'의 이름을 축자적(逐字的)으로 해석하면 '훌륭하지 않은' 또는 '마을이 아닌'이란 의미이다. 즉, 그것이 가공의 공간임을 암시한다. 그러면서도, 그 묘사는 중국 어디에나 존재하는 실제 공간처럼 리얼하다. 주인공의 이름을 Q라고 설정한 것도 흥미롭다. 마치 암호 같은 이름 Q가 무엇을 의미하는가는 일찍부터 많은 사람의 관심을 끌었다. 중국인들의 변발을 공중에서 바라본 모습을 풍자한 이름이라는 설도 있고, '변발'에 해당하는 영어와 프랑스어 queue[kju]의 머리글자라는 주장도 있다.

한편 '아Q'라는 명칭의 미스터리와 그에 대한 궁금증은 주목할 만한 학술적 성과로 이어지기도 했다. 예를 들어 'Q'가 꿰이[鬼] 즉 귀신을 형상화한 것이라는 일본인 학자 마루오 츠네끼[丸尾常喜, 1937~]의 주장은 가장 최근의 대표적 연구 성과에 속한다. 이 견해에 의하면, 현재의 중국어 발음기호(로마자 표기) 'Gui(꿰이)'는 과거에는 'Quei'로 표기했고, 이 '꿰이'라는 발음은 동일한 발음의 '鬼'를 연상시킨다는 것이다. 꿰이[鬼]란 본래 중국 민간 문화의 특수 개념으로, 육신은 죽었으되 여러 가지 이유로 저승에 가지 못하고 구천을 떠돌며 인간에게 해를 끼치는 영적 존재를 말한다. 다시 말해서 '근대적 인간=국민'으로 거듭나지 못하고 봉건과 근대의 어중간한 경계선상에 놓여 있는 '봉건적 백성'으로서의 중국인을 은유한다는 것이다. 이런 설명은 '근대적 인간으로서의 중국인'을 희구하는 간절함이 루쉰 문학의 출발점이자 지향점이라는 관점을 더욱 탄탄하게 뒷받침해준다. 또한 'Q=꿰이[鬼]'라는 이 가설은 루쉰 자신이 『납함』의 「자서」에서 소위 '환등기 사건'을 통해 기술한 바 있듯이, 그가 당초 문학을 통한 중국인들의 정신 개조를 꿈꾸었다는 회고와도 연결된다. 온전한 인간도 저승의 혼령도 되지 못하는 존재, 즉 봉건과 근대 사이에 어중간하게 놓여 있는 무지몽매한 동포들에 대한 고뇌가 루쉰 문학의 출발점이었다는 것을 다시 한 번 확인시켜주는 셈이다.

주인공 아Q는 정해진 직업 없이 그날그날 날품으로 일해서 먹고사는 무식한 막일꾼이다. 그의 성격은 한없이 소심하고 비굴하다. 강한 자에겐 약하고 약한 자에겐 강하며, 남에게 지거나 얻어맞고도 잠시 후엔 이런저런 이유를 갖다 붙여 실제로는 자기가 이긴 것이라고 생각해버린다. 아Q의 '정신승리법(精神勝利法)'은 패배나 실수를 인정하지 않고 속으로는 상대방을 깔보고 무시함으로써 심리적 만족을 얻는 일종의 자기기만이다. 이 정신승리법이 무엇을 풍자하고 있는지 당시의 독자들에게는 설명이 필요 없었을 것이다. 중국의 독자들이 아Q와 그 주위 사람들의 모습에서 자괴감과 위기의식에 몸을 떨 수밖에 없었던 것은, 수천 년간 스스로를 세상의 중심으로 여겨온 '중화주의'의 막다른 길목에서 발견된 일그러진 자화상이었기 때문이다.

「아Q정전」의 무대는 신해혁명 전후의 한 가공의 시골 마을이지만, 갖가지 에피소드와 등장인물들은 시대와 장소를 초월해서 중국 어디서나 발견될 수 있는 인물과 사건들의 은유이다. 「아Q정전」의 등장인물들이 보여주는 인간적 약점과 그늘은, 모든 사회의 인간들에게서 발견되는 보편적 어두움이자 그것의 극대화이기도 하다. '아Q의 이야기'가 국경과 시대를 넘어 많은 사람에게 '나(우리)의 이야기' 혹은 '내가 아는 사람의 이야기'가 될 수 있는 것도 그 때문이다. 루쉰 생존 당시 이미 「아Q정전」은 세계 주요 언어로 번역되었고, 우리나라에도 1930년 1월 「조선일보」에 번역 연재된 바 있다.

「아Q정전」의 문학적·역사적 의의

「아Q정전」은 중국인들의 총체적인 자화상을 제시함으로써 독자들에게 커다란 충격을 준 문학사적 사건이었고, 그 의미는 자못 심대하다. 「아Q정전」의 출현이 문학사적 사건으로 평가되는 이유를 정리해보자.

첫째, 뛰어난 은유를 수반한 작품성을 들 수 있다. 특히 예리한 통찰력과 구성력에 의한 은유의 탁월함은 국경과 시대를 넘어 깊은 공감을 안겨주었다.

둘째, 「광인일기」 이래 보여준 백화(白話) 문체의 참신함과 문학어로서의 가능성을 다시 한 번 확인시켜주었다. 즉, 문학혁명의 일환으로 추진된 근대 중국의 언문일치운동에서 루쉰은 일련의 작품을 통해 실질적인 성과를 제시했고, 「아Q

정전」은 그 성숙기를 대표하는 작품이라고 할 수 있다.

셋째, 이 작품의 출현과 그 반향을 통해 확인된 근대적 독자의 존재이다. 이들은 과거 시험을 거쳐 오로지 관리로 입신출세할 것을 지향하던 전통 시대의 지식인들과는 뚜렷이 구별되는 사람들이다. 다시 말해서 1919년 5·4 운동을 기해 폭발적으로 가시화된 애국 의식의 확산, 개인과 공동체 간의 새로운 관계 설정 등 중국 사회의 전반적인 변혁의 필요성을 자각하는 새로운 지식인들이었다. 「아Q정전」이 집필되던 1920년대 초반 중국의 현실은 여전히 근대국가의 그것과는 거리가 멀었다. 각지의 군벌들은 제각기 지방 권력화하여 중앙정부의 통치력이 미치지 못하는 곳이 적지 않았고, 중앙정부와 지방 군벌 양쪽으로 세금을 징수당하는 민중의 삶은 도탄에 빠져 있었다. 그런 가운데 더디게나마 근대적 독자가 증가하면서, 국민의 양적·질적 성장은 서서히 이루어지고 있었다. 그 속에서 함께 성장해가는 새로운 지식인들에게 「아Q정전」은 현실의 뛰어난 패러디로서, 뼈저린 자기반성과 함께 사회변혁 및 근대국가 달성이라는 시대적 사명감을 일깨워주는 '반어적 진실'이었다고 할 수 있다.

실제 루쉰이 남긴 방대한 저작 중 소설 작품이 차지하는 분량은 미미하다. 그러나 세계문학사는 그를 영원히 '「아Q정전」 작자'로 기억할 것이다. 인간과 사회에 대한 깊이 있는 통찰과 그것의 문학적 형상화를 통해 인간의 삶과 역사의 진실 그리고 문학의 존재 의미를 다시 한 번 일깨워주었기 때문이다.

4 장 — 루쉰은 어떻게 읽혔는가

루쉰과 동아시아
—중국, 일본, 타이완, 그리고 한국

루쉰과 그의 작품들이 작가 사후에 고국인 중국에서 마오쩌뚱에 의해 신격화되고 정치적으로 읽혔으며, 그리고 개혁개방 이후에는 루쉰 연구에 다양한 방법론과 시각이 도입되었음은 이미 앞에서 언급한 바 있다. 예를 들어, 마오쩌뚱 시대에는 간과되어온 측면이나 자료가 재평가되고 루쉰의 근대성에 보다 많은 주목이 이루어지고 있는 것 등이 그것이다. 그러나 그러한 변화 속에서도 중국에서 그의 사후는 물론 이미 생전에 국어 교과서에 빠지지 않고 실림으로써 루쉰의 삶과 문학이 민족 및 문화 공동체의 통합의 매개로 작용하고 있다는 점은, 일단 표면적으로 보아 큰 변동이 없는 듯하다. 다만 작품이나 등장인물들에 대한 평가와 감상법에서 차이를 보이고 있다.

한편 루쉰이 중국 이외의 동아시아 지역에 수용되어 그 사회 지식인들의 현실 인식이나 사상적 좌표에까지 크고 작은 영향을 준 것은, 그의 삶과 문학에 동아시아 근대의 보편적 모순과 고뇌가 녹아 있다는 반증이다. 특히 전후(戰後) 일본에서는 외국 문호이면서도 거의 국민문학 수준의 대접을 받아왔다 해도 과언이 아니다. 루쉰을 매개로 일본의 근대사 및 전후 일본 사회에 대한 비판이 이루어짐으로써 중국 문학의 경계를 넘어 일본의 전후 사상사에까지 영향을 주었다는 사실은 특기할 만하다. '타케우찌[竹內] 루쉰' 또는 '마루야마[丸山] 루쉰'으로 불릴 정도의 독자적인 접근과 이해 방식을 수립했고, 1990년대에 들어서는 이전과는 전혀 다른 방식의 이른바 '후지이[藤井] 루쉰'이라고 부를 만한 연구 방법론과 성과를 이룩했다.

또한 일본에서는 루쉰 생전에 저작의 대부분이 번역 출간되었고 현재로서도 전집의 완역판 『魯迅全集』(전 20권, 學習研究社, 1984~86)을 낸 세계 유일의 나라이다. 학술계의 연구자 층이 두터움은 물론 심지어 시민 차원의 연구 동호회가 있을 정도이다. 해방 이전 및 이후 우리나라와 타이완의 지식인들도 대부분 일본어 번역으로 루쉰의 저작 및 연구 성과들을 접했으며, 우리나라의 루쉰 연구도 초기엔 일본의 연구 성과를 토대로 하고 있었다고 할 수 있다. 그뿐만이 아니라 여타 동아시아 지역의 루쉰 연구와 이해에도 적지 않은 영향을 주었다.

루쉰의 수용에 있어서 타이완[臺灣]의 경우도 흥미롭다. 타이완은 1895년 청일전쟁의 패전으로 일본에 할양(割讓)되어 1945년 일본의 패망에 이르기까지 종주국 일본에 의해 근대화가 추진되었던 지역이다. 타이완에는 원주민의 토착어가 존재하지만 인구의 96퍼센트를 차지하는, 명청 시대 이래 대륙으로부터의 이민자들은 현재의 푸퉁화[普通話: 뻬이징 지역의 말을 근간으로 정착된 중국의 표준어. 최근엔 '漢語'라는 표현이 주류]에서 가장 먼 계열의 방언인 민남어(閩南語)나 객가어(客家語)를 사용하고 있었다. 이들 방언은 구어로서만 존재할 뿐 글쓰기는 불가능하다. 읽고 쓰기는 어디까지나 고전문어로만 가능했고, 일본 제국의 일부가 된 이후에는 모든 근대적 미디어와 교육 및 행정이 일본어로 이루어졌다. 다시 말해 타이완의 공용어는 일본어 즉 '고꾸고[國語]'였고, 글쓰기나 근대적 사고도 일본어를 통해서 가능했다. 1930년대 중반에는 일본어로 된 독서 시장이 형성되어, 타이완 지식인들에 의한 일본어 문학작품이 태어나기도 했다. 그들이 접한 루쉰의 작품도 일본어판 『루쉰전집』 전 7권(이와나미서점, 1937)이었다.

이러한 역사적 배경을 가진 만큼, 일본의 패전 직후 국민당 정권에 접수되면서 전개된 상황에 타이완인들은 곤혹스러워했다. 우선 일본어 대신 새로운 국어로 등장한 뻬이징어는 타이완인들에게 거의 외국어나 다름없었다. 그래서 해방 직후 타이완의 행정장관이 된 천이[陳儀, 1883~1950]는 우선 언어의 일원화(뻬이징어 보급)를 당면 과제로 삼았다. 루쉰의 동향인이자 토오쿄 유학 시절의 동창이기도 했던 천이는, 이 작업을 루쉰의 절친한 친구였던 쉬셔우챵[許壽裳, 1883~1948]에게 맡겼고, 쉬셔우챵은 이 과제의 해결을 위한 최고의 방안으로 '루쉰의 소개와 전파'를 구상했다. '오사(5·4) 시기'와 같은 문화운동을 일으켜, 민주와 과학 그리고 민족주의를 배우는 매개로서 루쉰 정신을 강조하려 했던 것이다.

그러나 반세기에 걸쳐 축적된 대륙과 타이완의 위화감은 불가피했다. 해방 당시 타이완의 식자율 및 초등학교 취학률은 대륙의 배 이상이었고, 여전히 농업 중심의 전근대적 분위기가 강한 대륙에 비해 타이완 사회는 상당히 산업화되어 있었다. 거기에 국민당 정권의 압제와 실정이 거듭되면서 타이완인들의 반감은 폭발했고, 마침내 1947년 2·28 사건 같은 반(反)국민당 봉기가 일어나 다수의 사상자가 발생하는 사태에 이른다. 2·28 사건 이후 쉬셔우챵은 국민당 극우파에게 암살당하고 타이완에는 계엄령이 내려졌다. 이후 타이완에서 루쉰은 자유롭게 논의될 수 없는 대상이 되었고, 그에게 개인

『臺灣文化(대만문화)』의 루쉰 서거 10주년 특집. 50년간 타이완은 일본의 일부였고 사람들은 일본인으로 교육받고 자랐다. 해방 후 중국인으로서의 민족의식을 불러일으키는 데 루쉰은 효과적인 매개로 인식되었다.

적인 유감이 있거나 부정적인 시각을 가진 우파 지식인들의 관점만 소개되었다. 근대 중국어의 성립에 최대의 기여를 한 근대문학의 아버지이자 중국 타이완 통합의 매개가 될 수 있는 루쉰이 금기시된 것이다. 이러한 상황은 1980년대까지 지속되었다.

그러나 1960~1980년대에 걸친 눈부신 경제성장을 배경으로 민주화와 자유화가 진전되면서, 1988년 드디어 타이완에서 계엄령이 해제되고 냉전 시대의 각종 금기가 사라지게 되었다. 루쉰도 다시 읽히기 시작했고, 오랜 루쉰 콤플렉스가 치유될 듯이 보였다. 그러나 1990년대 중반 이후 이런 경향은 둔화된다. 중국이 경제성장과 국력의 부흥을 배경으로 타이완 통합의 의지를 분명히 드러냄과 동시에, 그에 반발하는 '타이완 내셔널리즘' '타이완 독립주의'도 선명히 대두되었기 때문이다. 즉, 타이완 사람들은 대륙으로부터 피신한 국민당 망명정부 혹은 중국의 일부로서의 타이완을 적극적으로 부정하기 시작한 것이다. 적어도 중국이 '하나의 중국'

을 포기하지 않고 루쉰을 그것의 상징으로 활용하려고 하는 한, 루쉰에 대한 관심의 둔화는 계속될 전망이다. 현재 타이완의 학술계에서도 '중국 문학'보다는 '타이완 문학'이 뚜렷한 우세를 보이고 있는 실정이다. 이제는 식민지 시대의 타이완 작가가 동시대 문학인 루쉰을 어떻게 수용했는가, 혹은 해방 직후 식민지 시대의 흔적을 극복하는 과정에서 루쉰이 어떤 작용을 했는가에 초점이 맞춰지고 있을 뿐이다.

한편, 우리나라의 루쉰 수용사는 또 다른 의미에서 매우 흥미롭다. 루쉰에 대한 관심이 루쉰의 동시대, 즉 해방 이전 한국의 근대 문학사 및 지성사에 매우 구체적인 흔적을 남기고 있다는 점에서 일본이나 타이완과 구별된다. 동시대 문학인이자 사상가, 나아가 비판적 지식인으로서의 루쉰에게 특별한 감명과 영감을 얻은 존재들이 바로 일제 강점기의 우리나라 지식인들이었던 것이다. 여기서는 한국 지식인의 루쉰관이 어떻게 형성되었는지, 그리고 루쉰의 문학적 수용과 재생산의 구체적인 흔적들을 개략적으로 소개하고자 한다.

한국 근대 지식인들의 루쉰 이해

루쉰은 지병인 폐결핵으로 1936년 10월 19일 세상을 떠났다. 향년 56세였다. 당시 중일전쟁 발발(1937) 직전의 중화민국은 내외로 심각한 어려움에 봉착한 상태였지만, 격렬하게 대립해 있던 좌우파 지식인들도 잠시 대립과 투쟁을 멈추고 그의 죽음을 애도했다. 그의 관을 덮은 천에 새겨진 "민족혼(民族魂)"이라는 휘호는 당시 루쉰의 존재감을 단적으로 말해준다.

루쉰을 존경하던 우리나라 지식인들의 존재도 주목되는데, "한 조선인 청년"이라는 이름으로 루쉰의 장례식에 내걸렸던 "약소민족의 구세주, 세상을 떠나다"라는 조사(弔詞)는 당시 우리나라 지식인들의 루쉰관을 짐작하게 해준다. 그들이 루쉰의 삶과 문학에서 반(反)제국주의 전사의 모습을 발견하고 깊은 공감과 존경을 품고 있었음을 알 수 있다. 그런 지식인들 중 다수가 실제 독립운동이나 항일운동에 관여한 사람들이었다는 사실도 이와 무관하지 않을 것이다.

루쉰과 교류를 가졌거나 특별한 공감을 표시했던 한국의 지식인들 가운데 특별히 주목할 만한 경우를 꼽자면, 「노신방문기(魯迅訪問記)」(『신동아』, 1934년 4월호)의 필자인 저널리스트 신언준(1904~1938), 1985년 번역 출판된 이래 오늘날까지 꾸준히 읽히고 있는 스테디셀러 『아리랑』[5]의 주인공이자 공동 저자인 김산(金山), 「노신추도문(魯迅追悼文)」(「조선일보」, 1936년 10월 23~29일자)을 집필하고 루쉰의 대표적 단편 「고향」을 번역하기도 한 시인 이육사, 한국 근대 문학 형성기의 대표 작가 이광수, 1990년대 국내에 소개되어 크게 주목받은 재중 동포 작가 김학철(1916~2001) 등이 있다. 1910년대 말 이래 국내 지식인들이 루쉰을 그저 '중국 신문화운동의 기수' '백화 문학의 대표자' 정도로 이해하고 있던

루쉰의 필적. 1930년대 상하이에서 활동하던 한국인 저널리스트 신언준(辛彥俊)의 면담요청에 대해 루쉰이 만날 장소와 시간을 알리는 자필회신.

것에 비해, 이들은 루쉰의 삶과 문학에서 그 이상의 것을 읽어내고, 깊은 공감과 존경심을 품고 있던 존재들이다. 이들 중에서 신언준과 이육사는 루쉰을 '중국의 고리키'로 바라보는 시각을 유포하는 등, 저항적 식민지 지식인이라는 입장에서 독자적인 루쉰 이해의 계보를 형성한 사람들이다. 이육사의 「노신추도문」은 제목처럼 단순한 추도문이 아니라 루쉰과 그의 문학에 대한 우리나라 지식인의 깊은 관심과 이해를 보여주는, 당시로서는 포괄적이고 수준 높은 루쉰론으로 평가된다.

아Q의 수용과 문학적 재생산
—식민지 조선판 아Q

우리나라 지식인들이 루쉰의 삶과 문학에 관심을 보인 것은, 그가 가장 가까이 있는 참고 대상이었기 때문일 것이다. 당시 중국이 '반(半)봉건 반(半)식민' 상태였다면, 우리나라는 '식민지'인 동시에 내적으로는 '반(半)봉건' 상태였으므로, 우리나라의 지식인들이 루쉰의 삶과 고뇌 그리고 그것이 드러난 문학 세계에 남다른 감명을 받은 것은 자연스러운 일이었다.

루쉰에 대한 관심과 이해는 단순히 신문에서 기사화되는 데서 그치지 않았다. 이를테면 뛰어난 문학 전형인 '아Q'가 식민지 조국이라는 특수 상황 속의 우리나라 문학인들에 의해 문학적으로 재창조된 점은 매우 특이한 예로서 주목할 만하다. 이는 루쉰에 대한 우리나라 문학인들의 특별한 감명을 반영하는 것이다. 근대화되지 못한 봉건적인 인간형의 상징인 '아Q'는, 식민지 조선에도 얼마든지 존재하는 인간의 형상으로 받아들여졌을 것이다. 비겁하면서 실속 없이 잘난 척하기 좋아하며 혁명의 혼란 속에서 자신의 정확한 죄명도 모르고 처형당하는 무지몽매한 아Q의 모습은, 일본의 식민지로 전락한 망국의 지식인들에게 뼈아픈 실감을 주는 문학 전형이었음이 틀림없다. 「아Q정전」의 무식하고 비겁한 날품팔이 노동자 아Q는 이제 무지몽매하고 누추한 식민지 백성의 모습으로 다시 태어나게 된다.

이광수의 '아Q'

장편소설 『무정(無情)』(1917) 이래 조선의 대표적 작가가 된 춘원 이광수(1892~1950)는 1936년 일본 잡지 『카이조[改造]』에 「万爺の死(만영감의 죽음)」이라는 단편소설을 발표했다. 작품의 주인공 '박선달'의 일생에 대해 이광수는 "노신의 아귀와 닮은 구석이 있고 인생의 표본으로서도 재미있는 인물"이라고 스스로 평하는가 하면, "조선의 아큐를 그려보고 싶었다."고 말한 바 있다. 이 작품은 일본어로 집필되어 일본 잡지에 발표되었고 오늘날에는 그다지 문학성을 평가받는 작품은 아니지만, 아Q가 당시 우리나라 지식인들에게 특별한 감명과 인상을 준 문학 전형이었음을 확인시켜준다. 이광수가 무력

한 식민지 지식인일 수밖에 없는 자신의 모습에 깊이 절망하며, 젊은 시절부터 가져온 동포들에 대한 계몽자 내지 교사(教師) 의식을 넘어서는 길목에 루쉰과의 만남이 있었다는 것은 의미 있는 발견이다. 한국 근대문학사에 영향을 준 많은 세계문학의 전형이 있지만 의식적으로 비슷한 주인공을 창조할 정도로 깊은 영향을 끼친 예는 그리 알려져 있지 않다.

또한 이광수의 말기 작품에도 '아Q'라는 이름을 쓰지 않았을 뿐 아Q의 이미지가 뚜렷이 엿보이는 작중인물들이 등장한다. 단편소설 「무명(無明)」(1939)은 주인공 화자(話者)가 형무소 생활을 하며 같은 감방에서 만난 조선인 죄수들의 모습을 그린 작품으로, 이광수 자신이 수양동우회(修養同友會) 사건으로 투옥되었을 당시의 체험을 바탕으로 씌어졌다고 알려져 있다. 1977년 노벨문학상 후보로 선정되는 등 이광수 작품 가운데 비교적 높은 문학성을 평가받고 있는 작품이기도 하다. 작품에 등장하는 조선인 죄수들의 모습 속에는 이광수가 생각한 아Q의 이미지가 뚜렷하며, 이는 하나의 뛰어난 문학 전형이 어떤 식으로 새롭게 재창조될 수 있는지를 보여주는 좋은 예이다.

이러한 과정을 거쳐 결국 이광수는 마침내 자기 자신 속에서 아Q의 모습을 발견하기에 이른다. 아Q가 일그러진 식민지 민중을 넘어 식민지 지식인의 모습과 중첩되기 시작한 것이다. 이광수는 헌신적으로 일해온 수양동우회가 식민지 말기 전시 체제로 치닫는 총독부에 의해 실질적인 해체를 맞고 크게 좌절해 있던 시기였다. 도산 안창호 선생의 죽음 이후 수양동우회의 대표자로서 총독부로부터 심한 압력을 받고 있던 상황이었던 것이다.

어느날 이광수는 일본 잡지의 부탁으로 자신을 취재하러 온 김소운(金素雲 1907~1981: 한국시의 일어 번역가로 유명)에게 쓸쓸한 어조로 말한다.

"(나를) 아Q처럼 쓰시오.[5]"

식민지 지식인으로서의 뼈저린 자기 인식이자 절망과 허무에 찬 고백이었다. 이광수가 아Q속에서 비굴하고 무기력에 빠진 식민지 지식인의 자화상을 발견하고 있었다는 점은 그동안 이광수 연구에서 거의 무시되고 있는 부분으로, 1980년대 이래 이광수의 문학은 말년의 친일 행적과 더불어 전반적으로 폄하되어온 것이 사실이다. 우리나라 문학사상 최초의 근대소설의 작가이자, 일제 강점기에 한글로 발표한 작품과 대중적인 독자의 수에서 그를 따를 자가 드물다는 사실에도 불구하고, 이광수는 줄곧 우리의 문학사와 정신사에 (문학평론가 김현이 말했듯이) "만질수록 덧나는 상처"로 표현되어 왔다. 그러나 근대적 활자 매체와 대중적인 독자의 등장을 근대의 중대하고도 의미 있는 현상으로 평가한다면, 이광수 문학은 우리 근대문학사에서 결코 과소평가될 수 없는 부분이라고 하지 않을 수 없다.

한편, 이광수에 이르러 '식민지 지식인으로서의 자화상'과 중첩되기 시작한 아Q는, 드디어 김사량이라는 뛰어난 이중(二重) 언어 작가에 의해 새롭게 재창조된다. 이제 '잉여 인간적 아Q'의 이야기가 펼쳐진다.

김사량의 '아Q'

김사량(金史良, 1914~1950)은 재일 교포 작가를 대표하는 인물로, 오랫동안 한국에서보다 일본에서 더 알려졌던 작가이다. 오늘날 대표적인 1세대 재일 교포 작가 대부분이 자신의 문학적 출발점이라고 고백하는 김사량, 그는 일본 최고의 문학상으로 꼽히는 아쿠타가와[芥川]상 1944년도 수상자의 최종 후보 두 사람 중 한 명으로 뽑힐 만큼 뛰어난 작가였다. 결국 수상은 일본인 후보에게 돌아갔지만 김사량의 존재와 작품이 수상작보다 더 큰 주목을 받았던 것으로 전해진다. 아쿠타가와상 후보작이었던 그의 「빛 속으로(光の中に)」는 토오꾜제국대학에 재학 중인 한 조선인 유학생이 야간학교 교사로 일하다 알게 된 한 소년과의 이야기이다. 일본인 아버지와 조선인 어머니 사이에서 태어난 이 소년은 심하게 성격이 뒤틀린 문제아로, 깡패인 일본인 아버지에 대해서는 순종적

이면서 아버지에게 학대받는 조선인 어머니에게는 극단적인 멸시와 거부감을 표현하는 아이였으나 주인공과의 교류를 통해 조금씩 마음을 열어간다는 것이 작품의 줄거리이다.

이후 김사량은, '아Q'의 이미지와 보다 선명하게 중첩되는 식민지 지식인의 모습을 그려낸다. 이광수가 동시대의 무지몽매한 조선 민중의 모습 속에서 아Q를 보고 결국 자신의 모습 속에서도 아Q를 발견하게 된다면, 김사량은 구체적으로 아Q적 식민지 지식인의 캐릭터를 만들어 냈다. 식민지 말기 독립의 희망은 보이지 않고 일제의 압력과 회유가 가중되는 가운데 지식인들은 절박한 고민과 절망에 빠졌고, 결국 현실 속에서 자신이 할 수 있는 일이 아무것도 없다는 극도의 무기력감과 비굴함에 괴로워한다. 일본어로 씌어진 김사량의 단편소설 「Q백작(伯爵)」은 바로 절망과 무기력에 허덕이는 한 식민지 지식인의 이야기이다. 이 작품은 하나의 뛰어난 문학 전형이 다른 사회와 시대 속에서 어떻게 심화되고 문학적으로 재창조되는지를 잘 보여준다. 「Q백작」은 말하자면 「아Q정전」의 '식민지 지식인판 패러디'인 셈이다.

문제작 「Q백작」은 일본의 한 신문사에서 일하는 작중 화자 '나'가 귀향길 기차 안에서 우연히 만난 동창생들과 술을 마시던 중에 'Q'라고 불리던 한 이상한 남자의 이야기를 전하는 액자형 소설이다. 화자가 형무소에서 알게 된 조선인 남자 Q

는, 대일본 제국의 안녕을 해치는 위험인물로 자주 체포되는 사람이다. 그런데 실제로 Q의 정체는 고등교육을 받은 인텔리이고 그의 아버지는 일본 정부로부터 백작의 작위까지 하사받은 조선의 고관대작, 이른바 전형적인 친일파이다. 하지만 Q는 항일 독립운동가로 체포되고자 스스로 갖은 애를 쓴다. 자신을 아나키스트(무정부주의자)라고 소개하며, 일부러 항일운동을 하는 사람처럼 위험한 우편물을 자기 집으로 부치는 등 일본 경찰에 체포되려고 최선을 다한다. 그러나 일본 경찰에게 Q는, 체포했다가도 결정적인 증거가 없어 무혐의로 풀어줘야 하는 골칫거리였다. 또한 Q는 조선인 난민으로 가득한 만주행 열차에 만취한 상태로 몸을 싣고 그들과 하나가 되려고 몸부림치기도 한다. 이광수의 '아Q'가 식민지 조선의 하층민이라면, 김사량의 '아Q'는 무력감에 괴로워하는 식민지 지식인이다. 19세기 러시아 문학에 등장하는 잉여 인간의 식민지 조선판이라고 할 수 있겠다.

독일의 유대인 철학자 한나 아렌트(Hannah Arendt, 1906~1975)는 저서 『전체주의의 기원』에서 나치 시대의 유대인을 '잉여인간', 즉 어떤 세계에도 속하지 못하고 고통스럽게 부유하는 인간 존재에 비유한 바 있다. 잉여인간은 19세기 러시아 문학과 20세기 동아시아 근대문학에 이르면, 전체주의의 일부가 될 것을 거부하면서도 대중으로부터도 괴리된 지식인의 숙명적인 모습으로 드러난다. 이상과 극단적으로 동떨어진 세상 속에서 아무런 역할도 제자리도 찾지 못하고 떠도는 비극적인 낭만주의자들의 모습인 것이다. 일제 강점기에 조선인도 일본 제국의 시민도 되지 못하고 방황하는 Q백작은, 잉여인간으로서의 식민지 지식인 김사량의 자의식이 형상화된 것이라고 보아도 무방하다.

한편, 「Q백작」의 후반부에 작중 화자 '나'는 서울의 길거리에서 혹은 물난리가 난 어느 지방 도시에서도 Q백작을 본 것 같다고 술회한다. "그리고 또……."라며 다른 곳에서도 Q를 만난 기억을 더듬는 중얼거림으로 작품은 끝을 맺는다. 여기저기서 Q를 본 듯한 기억은 Q가 조선의 어디에서나 발견될 수 있는 보편적 인물 형상임을 암시하는 장치로 기능하고 있다. 이광수에 이어 김사량의 「Q백작」은 보다 심화된, 식민지 조선의 지식인판 「아Q정전」이라 할 만하다. 하나의 문학 전형이 태어난 나라와 시대를 넘어 깊은 공감을 불러일으키고, 나아가 전해진 나라의 전통과 특수한 정치·사회적 환경 속에서 새로운 문학 전형으로 다시 태어날 수 있음을 일깨워준다.

마지막으로, 일본에서 일본어로 작품 활동을 해온 한반도 출신 작가 김석범에 대해 언급하고자 한다. 세계적 냉전 체제의 최전선으로서 국토 분단과 반공주의라는 특수 상황하의 대한민국에서 루쉰을 잊고 있는 동안 루쉰의 독서사(讀書史)와 문학적 재생산의 명맥은 발견된다.

소외자로서의 아Q — 재일 동포 작가와 루쉰

재일 교포란 해방 이후 분단된 조국의 어느 한쪽도 선택하지 못하고 일본에 남아 있게 된 사람들과 그 후손들을 가리킨다. 그들은 일본 사회에서 비(非)일본인으로 살아가는 어려움을 감수해야 했지만, 일본에 이식된 미국식 민주주의하에 있었고 전후 일본 지식인 사회의 '루쉰 붐'과도 가까이 있었다. 반공을 국시로 하는 대한민국에서 한·중 국교 수복(1992) 이전까지 루쉰이나 중국에 대한 접근이 어려웠던 데 비해 사상과 언론 및 출판의 자유를 누릴 수 있었던 것이다. 한반도에 두 개의 정부가 수립되고 동족상잔의 비극인 한국전쟁(1950~1953)이 터지자 남북한 어느 쪽으로도 돌아가지 못한 재일 교포들 가운데는 차라리 '무국적자'라는 고통스러운 선택을 한 사람들도 있었다. 또 하나의 '잉여인간'들인 셈이다. 일본에서 식민지 백성으로 살아간 사람들, 나중엔 해방된 조국 어느 쪽에도 속하지 못하고 차별과 불편을 감수하며 이국에서 살아가는 사람들의 이야기, 그런 삶의 문학적 형상화, 그것이 재일 교포 문학의 출발점이라고 할 수 있다.

재일 교포 작가의 작품 속에서 아Q의 문학적 계승을 엿볼 수 있는 예로 『火山島(화산도)』의 작자 김석범(金石範, 1925~)

을 들 수 있다. 그는 주로 제주도 4·3 사건을 배경으로 작품을 써온 것으로 유명한데, 그중에 단편소설 「万德幽靈奇談(만덕유령기담)」(일어)이 있다. 주인공 '만덕이'는 어려서 버려지듯 절에 맡겨진 정신지체아로, 해방 직후 제주도 4·3 사건 당시 영문도 모르고 빨치산에 끼었다가 토벌 작전으로 희생된다. 만덕이의 이미지 속에 아Q의 그림자가 엿보인다는 점은 일찍부터 일본의 평론가에 의해 지적된 바 있다. 여기서 한 걸음 더 나아가 주인공은 '만덕이' 라는 절에서 받은 법명(法名)이 있을 뿐 성명 미상이라는 점도 주목하고 싶다. 이는 루쉰의 '아Q'나 이광수의 '만영감', 김사량의 'Q백작'에 공통적으로 나타나는 정체불명성과 통하는 부분이며, 이는 특정한 사람이기보다는 보편적으로 존재하는 사람을 은유하는 일종의 익명성으로 볼 수 있기 때문이다. 루쉰의 '아Q' 가 동시대 식민지 지식인들에 의해 식민지 하층민, 나아가 식민지 지식인으로 다시 태어난 데 이어, 이번에는 '만덕이' 라는 소외된 자, 버림받은 자의 모습으로 다시 태어난 것이다. '만덕이=소외자 아Q'의 모습 속에는 일본 땅에서 비일본인으로서 살아가야 했던 사람들의 모습이 겹쳐진다.

반(半)봉건 반(半)식민 상태의 중국에서 태어난 아Q는, 이렇게 인간의 보편적 약점과 어두움을 축약시켜 놓은 문학 전형으로서 동아시아의 근대 지성사 속에서 특유의 여정을 거쳤다. 일제 강점기 우리나라 지식인들에 의해 새롭게 태어났고, 해방 후엔 그 유민(流民)과 후예들에게 전해져 또 다른 풍부함을 더했다. 이 일련의 과정은 하나의 문학적 전형이 가지는 보편성과 풍부함이 어떤 새로움을 창조해낼 수 있는지 그 가능성을 뚜렷이 보여준다. 문학작품을 감상하는 데 또 다른 안목과 감동을 더할 수 있는 요소가 될 것이다.

중국의 대표적인 루쉰 연구가 치엔리췬[錢理群, 1939~]은 세계 근대문학사상 최초의 대중적 캐릭터인 햄릿과 돈키호테가 외국에 전파되는 과정에서 그 나라 국민문학의 주요 문학 전형을 창출하는 데 끼친 영향을 고찰하면서 아Q에 대해 흥미로운 지적을 했다. 즉, 아Q란 햄릿과 돈키호테의 전형을 자기화한 독일의 괴테, 러시아의 투르게네프를 거쳐 중국에 소개된 이래 돈키호테의 부정적인 측면을 극대화시킨 문학 전형이기도 하다는 것이다(『풍부한 고통[豊富的苦痛]』, 時代文藝出版社, 1993). 그리고 그 아Q는 일제 강점기 우리나라의 근대 문학사 및 지성사에서 새로운 빛깔이 더해져 재창조된 셈이다. 이 발견은 의미 있는 깨달음을 제공한다. 결국 동아시아의 근대문학이란, 앞서 성립된 세계문학의 전통을 자국의 현실적 문맥 속에서 수용·재창조한 결과물이기도 하다는 것이다. 우리가 알고 있는 세계문학 속의 많은 문학 전형이 실제는 이런 과정과 역사적 체험 속에서 태어난 존재들이라는 측면은, 오늘날같은 글로벌 시대에 있어서 보다 의미 있는 현상으로 인식돼야 할 것이다.

또한 루쉰을 비롯한 한·중·일의 주요 근대 문인들이 문학 훈련에서 필수적인 소양으로 여겼던 18~19세기 서구문학 및 19세기 러시아 문학을 대부분 일본어 번역으로 접했다는 것, 특히 그 중에서도 이들이 접한 러시아 문학이 대부분 일본 최초의 근대 소설 『뜬구름[浮雲]』을 쓴 후타바떼 시메[二葉亭四迷, 1864~1909]의 번역이었다는 점은 매우 시사적이다. 이는 중국과 한국의 근대문학 및 근대적 표준어의 성립 과정에 일본 문학 및 일본어와의 관련성을 무시할 수 없으며, 일본 근대문학의 배후엔 19세기 러시아 문학이, 그리고 러시아 문학의 배후엔 19세기 러시아 문학의 주역들이 애독했던 18~19세기 서구 근대문학이 존재한다는 것을 의미하기 때문이다. 동아시아의 문학도 따지고 보면, 일본을 매개로 해서 멀리 서유럽과 러시아 문학 전통과 맞닿아 있는 셈이다. 한 나라의 표준어나 문학은 혼자만의 힘으로 이루어지지 않는다는 것, 전통과 당대 현실의 조화와 충돌 그리고 다른 나라의 문학 및 언어와 교류하고 갈등하는 과정 속에서 형성되는 것이라는 사실을 새삼 일깨워준다. 그런 의미에서 문학이란 한 나라 한 시대의 자화상인 동시에, 여러 나라와 시대가 어떻게 교류하며 영향을 주고받았는지 그 흔적을 보여주는 귀중한 예술적 유산이다. 세계문학의 많은 고전적 전형들을 이런 측면에서 살펴보는 것은 20세기적 가치를 졸업하고 21세기를 살아가는 데 필요한 노력일 것이다. 루쉰은 '가져오기주의[拿來主義(나래주의)]'라는 말로 외래문화의 적극적인 수용을 통해 자신의 변혁과 발전을 추구하도록 역설한 바 있다. 문학을 국경으로 나누고 특정 민족의 문화유산으로서만 바라보려는 시각은 이제 보완되어야 한다.

한글주의와 언어 내셔널리즘을 넘어

아무리 루쉰의 문학적 재생산의 흔적을 보여주는 세계적인 예라고는 하지만 종래의 민족주의적 관점에서 볼 때, 이광수와 김사량이 일본어로 작품을 발표했다는 사실은 오늘날 우리에게 여전히 아쉬움으로 남는다. 그러나 작품의 다수를 일본어로 발표했다는 이유만으로 과연 김사량을 비롯한 이중언어 작가들의 삶과 문학이 비난과 부정의 대상이 돼야 할까? 우리의 역사적 삶 속에 아무런 의미도 가질 수 없는 것일까?

앞에서 자세히 언급한 바와 같이, 분명 근대문학이 특정한 언어를 '국어'로 정착시키는 데 결정적인 역할을 했고, 바로 그러하기에 문학을 민족주의가 지배하던 시절 예술의 꽃이자 근대(민족)국가 건설기의 내적 이데올로기라고 할 수 있는 것 또한 사실이다. 그러나 이제는 이러한 관점이 또 다른 중요한 면을 간과하게 만들 수도 있음을 인식해야겠다. 특히 일제 강점기에 근대문학 형성기를 거친 우리나라의 특수성을 고려할 필요가 있고, 그런 의미에서 재일 교포 작가들, 그중에서도 김사량은 새롭게 발견돼야 할 존재이다. 그가 그리고자 했던 것은 어디까지나 식민지 치하에서 고통 받는 동포들의 모습, 깊은 절망과 무력감에 괴로워하는 식민지 지식인의 모습이었다는 점을 간과해서는 안 될 것이다.

20대 초반에 한일병합을 겪은 이광수에 비해, 김사량은 그 이후에 태어나 성장한 지식인이다. 식민지 체제가 이미 움직일 수 없는 현실로 정착된 이후 성장한 김사량 세대의 지식인들에게 일본어란 '국어'이자 근대적 지식의 중요한 학습 매체였다. 더구나 그는 고교 시절 반일 시위를 주동하다 퇴학당하고 신변에 위협을 느껴 일본에 밀항한 후, 그곳에서 고등학교와 대학교를 마쳤다. 따라서 '소설 쓰기'와 같은 고도의 언어 행위에서 우리말보다 수십 년 앞서 문학어로 발전해온 일본어에 보다 풍부한 표현의 가능성을 느꼈을 수 있다. 물론 오늘날에는 우리말 역시 하나의 문학어로서 뛰어난 섬세함과 풍부한 표현력을 자랑하지만 당시는 신문화운동기를 거친 지 불과 20여 년 정도, 그것도 총독부의 삼엄한 검열하에 있는 언어였다. 게다가 당시 조선인의 80퍼센트 정도가 문맹이었음을 생각할 때, 일본어에 의한 글쓰기는 훨씬 많은 독자를 상정할 수 있었다. 특히 식민지 말기는 "내선일체(內鮮一

體)"라는 슬로건하에 일본 문단이 조선의 작가들에게 적극적인 관심을 표하기 시작하던 때였다. 식민지 작가들의 시집과 소설집이 일본어로 번역 소개되는 것도 주로 이 시기의 일이다. 일본어 독자(일본, 조선, 타이완, 만주의 독자)들을 향해 자신의 문학적 욕구와 식민지 지식인의 내면과 고뇌를 표현한 행위가 과연 '친일'이라는 단죄하에 일률적으로 부정돼야만 할까? 일본어로 된 우리나라 문학인들의 작품은 일본 지식인들에게 식민지의 현실과 고민을 깊이 있게 전해주는 값진 매체일 수도 있지 않았을까? 김사량을 비롯한 이중 언어 작가들의 문학 세계가 재평가돼야 할 커다란 이유가 여기에 있다.

어느 나라 말로 되어 있느냐 하는 것이 작품의 가치 평가에 유일무이한 절대기준이 된다면, 지난 100여 년 우리의 소중한 역사적 경험의 일부를 간과할 수밖에 없을 것이다. 물론 해방 이후 우리 사회를 강력하게 지배해온 '한글주의'의 의미와 의의를 부정하는 것은 결코 아니다. 다만 이제는 모든 평가의 전제와 기준을 '우리말로 되어 있는가'에만 두는 입장은 재고해도 될 때가 아닐까 싶다. 무엇보다 우리 지성사에 종래의 '한글 내셔널리즘'만으로는 설명할 수 없는 부분, 놓칠 수밖에 없었던 부분들을 돌아보기 위해서이다. 그 부분들은 우리의 미래를 열어나가는 데 의외로 커다란 영감의 계기를 제공해줄지도 모른다.

2 리라이팅

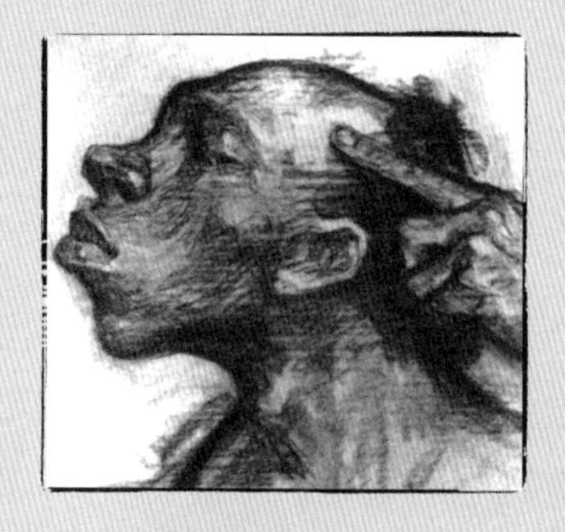

阿Q正傳

아Q정전

「아Q정전」을 꼼꼼히 읽어보자. 중편소설이라 분량의 부담도 적고, 무엇보다 일단 재미있다. 희극적이지만 묘한 비장감이 배어나는 점도 빠뜨릴 수 없다. 유명한 작품이라서 접하기는 쉽지만 등장인물 및 스토리 배경과 구체적인 의미를 세밀하게 읽어내기란 쉽지 않다. 필자의 안내를 받으며 단순한 재미 이면의 이야기도 함께 읽어보자.

아Q정전

제1장 서문

작자의 변(辯)—아Q의 익명성

작품의 첫 장은 왜 이런 글을 쓰게 되었는지에 대한 필자(작중 화자)의 설명으로 시작된다. 짐짓 변명조의 "서문"은 현실을 풍자하는 반어적 표현으로 가득하다.

서문 1

내가 아Q를 위해 정전을 쓰고자 한 것이 이미 한두 해 일이 아니다. 하지만 막상 쓰려고 하면 한편으로 자꾸 망설여지니, 이것을 보아도 내가 입언(立言: 위대한 글을 남기는 일-역주)을 할 만한 위인은 못 됨을 알겠다. 예로부터 불후의 문장으로 불후의 인물을 전해야 하는 법. 그래서 사람은 글을 통해 전해지고 글은 사람을 통해 전해지는 것이다. 그럼 도대체 누가 누구에 의해 전해진다는 것인지 점점 애매해진다. 그래도 결국 아Q의 이야기를 전하기로 결정하고 보니 마치 머릿속에 무슨 귀신이라도 들어앉아 있는 것 같은 기분이다.

그나저나 금세 썩어 없어질 이 한 편의 글을 쓰려고 붓을 들긴 했지만 여러 가지 어려움이 느껴진다. 첫째는 문장의 제목이다. 공자께서 말씀하시길, "名不正則言不順"(명부정즉언불순: 이름이 바르지 못하면 그 내용도 제대로 되지 못하느니라.-역주)이라 하셨으니, 원래 특히 신경 써야 할 문제다.

전기의 이름은 아주 많다. 열전, 자전, 내전, 외전, 별전, 가전, 소전……. 그러나 애석하게도 하나도 적합한 것이 없다. 열전(列傳)이라 하자니 이 글은 수많은 위인과 함께 국가가 인정하는 역사, 즉 정사(正史)에 들어갈 것이 아니다. 나는 아Q가 아니니 자전(自傳)이라 할 수도 없고, 외전(外傳)이라 하자니 내전(內傳)이 어디 있는가. 더구나 아Q가 신선이 아니니 내전이란 용어는 안 된다. 별전(別傳)은 어떠한가. 아Q는 대총통께서 국사관에 본전(本傳)을 만들라고 명령하신 적이 없다.— 물론, 영국 정사에 '도박사(賭博師)열전'이라는 본전이 없는데도 문호 디킨즈는 『도박사 별전』[7]을 쓰긴 했지만, 문호라면 괜찮아도 나

따위는 안 될 일이다. 다음은 가전(家傳)인데 나와 아Q는 일가인지 아닌지도 모를 뿐 아니라 그의 자손으로부터 전기를 써달라는 청탁을 받은 일도 없다. 혹 소전(小傳)이라 하자니 아Q에게는 달리 대전(大傳)이 없는 것이다. 아무튼 이 글은 역시 본전(本傳)이긴 하지만, 내 문장을 놓고 생각해보면 길거리 노점상들이나 쓰는 천박한 수준의 문체라서 감히 함부로 '본전'을 칭하지는 못하겠다. 그래서 유교, 불교, 도교와 제자백가 가운데 아홉 학파, 즉 삼교구류(三教九流)[8]에도 못 끼는 소설가들이 흔히 쓰는 "閑話休題, 言歸正傳"(한화휴제, 언귀정전: 쓸데없는 얘기는 관두고 본론으로 돌아가서-역주)[9]라는 말이 있기에, 거기서 '정전'이라는 두 글자를 따서 제목으로 삼는다. 옛사람이 편찬하신 『서법정전(書法正傳)』의 '정전'과 심히 혼동된다 해도 그것까지는 신경을 못 쓰겠다.

주인공 아Q는 성도 이름도 확실치 않은 채, 어느 시골 마을 웨이쮸앙[未莊]에서 날품 노동으로 살아가는 뜨내기 일꾼이다. 그를 비롯한 등장인물의 성격이나 모습 속에는 당대 중국인들의 모든 것이 상징적이고 은유적으로 풍자되어 있다.

아Q의 정체가 모호한 이유를 작자(작중 화자)의 말로 들어보자. 출신과 가문, 족보를 따지는 구시대 중국인들의 전통적인 사고방식이 풍자되어 있다.

서문 2

둘째, 전기를 기술하는 통례상 첫머리에 대개 "아무개는 호가 무엇이고 어디 출신의 사람이니라." 하고 시작하는데 나는 아Q의 성이 무언지 모른다. 한번은 그의 성이 쨔오[趙]인 것 같았지만, 그 다음 날 곧 애매해졌다. 그것은 쨔오 나리의 아드님이 수재(秀才: 과거시험응시자격자-역주)에 붙었을 때의 일이다. 징을 징징 울리며 소식이 마을로 전해졌을 때, 아Q는 마침 황주를 두 잔 마시고는 이건 자기에게도 영광스러운 일이라며 덩실덩실 춤을 추었다. 왜냐하면 자기가 원래 쨔오 나리와 일가이기 때문인데, 자세히 따져보면 자기가 쨔오 나리의 아들 수재보다 항렬이 3대나 위라는 것이다. 그때 옆에서 듣고 있던 몇몇 사람들은 숙연해져 경의를 표했다. 그러나 뜻밖에도 다음 날 아Q는 쨔오 나리 댁으로 끌려가고 말았다. 쨔오 나리는 아Q를 보자마자 얼굴을 온통 붉으락푸르락하며 소리를 질렀다.

"아Q, 너 이 못된 놈! 네가 나를 너희 일가라고 했다며?"

아Q는 입을 열지 않았다. 쨔오 나리는 점점 더 화가 나서 몇 발자국 성큼성큼 걸어 나오며 말했다.

"얻다 대고 감히 허튼소리냐! 나한테 어찌 너 같은 일가가 있을 수 있어? 네 성이 쨔오란 말이냐?"

아Q는 입을 열지 않고 뒤로 물러나려고 했지만 쨔오 나리는 달려들어 귀빰을 한 대 올려붙였다.

"네 성이 어떻게 짜오일 수가 있느냐! ……네가 어딜 봐서 짜오씨 자격이 있냐 말이다!"

아Q는 자기 성이 분명히 짜오라고 항변도 못하고 그저 손으로 왼쪽 뺨을 어루만지며 지보(地保, 마을자치의 치안담당-역주)[10]와 함께 물러나왔다. 밖에 나와서는 또 마을의 지보에게 한바탕 훈시를 듣고, 그를 왔다 갔다 귀찮게 한 사과 조로 술값까지 물었다. 이 일을 보고 사람들은 모두 아Q가 너무 터무니가 없어 매를 자초했다고들 했다. 아Q는 성이 짜오가 아닐 거다, 설사 정말 그렇다 해도 짜오 나리가 여기 계신 한 함부로 그런 말을 하지 말았어야 한다는 것이다. 그 뒤로는 더 이상 아무도 그의 성씨에 대한 얘기를 꺼내지 않게 되어, 나도 끝내 아Q의 성이 무언지 모르겠다.

작자의 고민은 우선 제목이 마땅치 않고, 둘째는 주인공의 출신과 정확한 성씨를 모르니 "아무개는 호가 무엇이고 어디 출신이니라." 하는 전기문 서두의 상투적 표현을 쓸 수 없다는 것이다. 심지어 주인공의 정확한 이름조차 모호하단다. 결국 아Q의 Q가 '꿰이'로 발음되는 글자의 첫머리라는 것만 추측할 뿐, 구체적으로 어떤 글자인지는 모른다며 이렇게 털어놓는다.

서문 3

셋째, 나는 또 아Q의 이름을 어떻게 쓰는지도 모른다. 그가 살아 있었을 때 사람들은 모두 그를 아꿰이(阿Quei)라고 불렀지만, 죽은 뒤에는 아무도 더 이상 아꿰이라는 이름을 입에 올리는 사람이 없으니 어딘가에 기록하는 일이 있었을 리 없다. '만약 기록으로 남긴다'는 걸로 따지자면 이 글이 맨 처음인 셈이니, 우선 이 첫번째 난관에 부딪힌 것이다. 이전에 곰곰히 생각해 본 적이 있다. 아꿰이의 '꿰이'라는 것이 '계수나무 계(桂)'의 꿰이일까, '귀할 귀(貴)' 자의 꿰이일까? 그의 호가 위에띵[月亭]이거나 8월이 생일이라면 분명 '계수나무 계(桂)'일 것이다. 그러나 아Q는 호가 없고—있었어도 아는 사람이 없는 것인지 모르지만— 또 생일에 초대장을 돌린 적도 없으니 '阿桂'라고 쓰는 건 독단이다. 또 만약 그에게 '돈 많을 부' 자의 '아푸[阿富]' 같은 이름의 형이나 아우가 있다면 분명 '높을 귀(貴)' 자의 '아꿰이[阿貴]'였겠으나, 형제가 없는 것 같으니 이것도 근거가 없다. 그 밖에 '꿰이'라고 발음하는 잘 쓰지 않는 글자들은 더더욱 말이 안 된다.

과연 'Q'는 무엇을 의미하는 것일까. 중국인의 변발을 위에서 내려다본 모양을 풍자한 것이라는 등의 견해가 있지만 정설은 없다. 그러나 오히려 아Q의 'Q'가 정체를 알 수 없는 하나의 기호가 되어 익명성을 더할수록 특정 개인을 넘어 보편적인 인간형을 가리키는 효과를 내고 있다고 볼 수 있다. 다시 말해서 '너' 혹은 '나'일 수도 있고, '그'일 수도 있으며, 그 모두를 형상화한 것일 수도 있는 것이다. 이 점은 작품의 전체적인 의의와 해석에 긴밀하게 연결된다.

아Q의 정체 미상에 속수무책인 작자는 결국 다음과 같은 풍자적인 변명을 한다.

서문 4

(아Q의 Q가 무슨 자의 머리글자인지) 전에 짜오 나리의 아드님 수재 선생께 물어보았지만 뜻밖에도 그분처럼 박식한 분도 막연해하셨다. 다만 결론에 따르면, 천뚜슈[陳獨秀]가 『신청년(新青年)』을 만들어 한자를 폐지하고 서양 글자를 쓰자고 제창한 탓으로 우리말과 얼이 쇠퇴해서 조사할 길이 없다는 것이었다. 마지막 수단은 고향 사람에게 부탁해서 아Q 사건의 조서를 조사하는 수밖에 없었는데, 8개월 후에야 온 답신에는 조서 중에 아퀘이와 발음이 비슷한 사람은 전혀 없었다는 것이다. 진짜 없는 건지, 아니면 조사도 안 해보고 하는 말인지는 알 수 없지만 더 이상은 달리 방법이 없었다. 주음자모(注音字母)[11]는 아직 통용되지 않는 것 같으니 '서양 글자'로 그를 阿Quei라 쓰고, 줄여서 아Q라고 하겠다. 『신청년』을 맹종하는 것 같아 나 자신도

몹시 기분이 나쁘지만, 수재 선생도 모른다는데 난들 달리 무슨 좋은 방법이 있겠는가.

넷째는 아Q의 본적이다. 만일 성이 '짜오' 라면, 뻐대 있는 가문임을 칭하기 좋아하는 오랜 관례대로 『군명백가성(郡名百家姓)』의 주석에 따라 "롱시[隴西] 티엔수이[天水] 사람이니라" 라고 하면 되지만, 유감스럽게도 성이 짜오인지 믿을만한 근거가 없으니 본적도 정할 수가 없다. 웨이쮸앙[未莊]에 오래 살긴 했어도 자주 다른 데 가서 살았으니 "웨이쮸앙 사람이니라" 라고 하는 것도 역사 서술 방법에 어긋나는 것이다.

당대의 유명한 잡지나 인사들의 실명이 픽션에 등장하는 것은 이례적인 일이나, 당대 중국 현실에 대한 노골적 풍자이자 패러디로 이해하고 읽어보자. 짐짓 점잖고 고풍스러운 글투로 공자 말씀을 인용한다거나 글의 제목을 "정전" 이라 붙이게 된 이유를 구구절절 설명함으로써 여전히 뿌리 깊은 구시대적 사고방식과 습관을 희화화하고 있다. 한심한 군벌 정부의 총통에 대해서는 공손한 반면에 새로운 시대의 총아이자 여론의 중심인 『신청년』은 깎아내림으로써 패러디의 효과는 높아진다.

『신청년』을 말하지 않고 중국의 신문화운동을 논할 수 없다(1부 참조). 1915년에 창간되어 신흥 지식인들의 구심점이

된 이 잡지는 개혁파 지식인들의 현실 인식과 열망을 대변하는 미디어로서 당시로서는 파격적인 내용으로 가득했다. 그 가운데 하나인 작품 본문에 언급된 한자폐지론은, 읽고 쓰기가 너무 어려워 엘리트의 독점물이 되어온 한자를 폐지하고 모든 표기를 로마자로 바꾸자는 주장이었다. 구체적으로 실현되지는 않았으나 언어·문자 생활의 대중화를 통한 문맹의 극복 문제가 당대 지식인들에게 얼마나 절실한 고민이었는지 짐작할 수 있다.

결국 작중 "서문"은 다음과 같은 자조적이고 반어적인 말투로 마무리된다.

서문 5

내가 위안을 삼는 것은 아Q의 '아' 자 하나만은 대단히 정확하다는 것, 즉 억지로 끌어다 붙이거나 빌려다 쓰느라 생긴 문제점이 절대로 없으며, 어떤 대가 못지않게 정확하리라는 점이다. 아무튼 학문이 부족한 나로서는 더 이상 깊이 파고들 수가 없다. 역사와 고증에 특별한 애착과 일가견이 있는 후스쯔[胡適之] 선생[12]의 제자들이 장차 많은 새로운 단서를 찾아낼 수 있기를 희망할 따름이나, 그때쯤이면 이 「아Q정전」은 이미 잊히고 없으리라.

이상을 서문으로 삼기로 한다.

이 "서문"에 의해 작품은 한층 논픽션 같은 픽션으로 독자에게 다가온다.

제2장 승리의 기록

정신승리법

제2장 "승리의 기록"과 그 속편인 제3장은 아Q가 잘나가던 때 이야기이다. 아Q에게는 성공담이지만, 독자에게는 한심한 아Q의 희화화된 이력에 불과하다.

승리의 기록 1

아Q는 성명과 본적이 모호할 뿐만 아니라 과거의 이력도 애매했다. 왜냐하면 웨이쮸앙 사람들은 그에게 일을 시키거나 놀림감으로 삼을 뿐, 그의 이력에 대해서는 신경을 쓰지 않았기 때문이다. 아Q 자신도 말을 거의 하지 않았는데, 다만 다른 사람과 말다툼을 할 때 간혹 눈을 부릅뜨고 이렇게 말하기도 했다.

"우리도 옛날엔…… 너보다 훨씬 더 잘살았어! 니가 뭐 대단하다고!"

아Q는 집이 없어 웨이쮸앙의 마을 사당에 살았다. 일정한 직업도 없이 그저 남의 집에 날품을 팔았는데, 보리를 베게 되면 보리를 베고 쌀 찧을 때가 되면 쌀을 찧고 배를 젓게 되면 배를 저었다. 일이 좀 길어지면 임시로 주인집에 묵기도 했으나 일이 끝나면 떠났다. 그래서 사람들은 바쁠 때라야 아Q를 기억해냈고, 또 기억해내는 것은 무슨 일을 시킬까 하는 것이지 결코 그의 이력이 아니었다. 한가해지면 아Q 자체를 잊어버렸으니 이력 같은 것은 더 말할 필요도 없었다. 딱 한 번, 한 노인네가 "아Q는 정말 일을 잘한다니까!" 하고 칭찬한 적이 있다. 그때 아Q는 웃통을 벗은 채 마지못한 듯 비쩍 마른 체구로 그의 앞에 서 있었는데, 다른 사람들은 그 말이 진심인지 비꼬는 것인지 분간이 안 갔지만 아Q는 몹시 기뻐했다.

뻐기는 아Q. 「아Q정전」뿐만이 아니라 루쉰의 모든 작품과 그 등장인물들은 많은 중국의 화가 및 목판화가들에게 창작모티브의 하나가 되어왔다. 루쉰 자신도 미술에 조예가 깊었고, 특히 중국 근대 판화 예술의 형성과 발전에 지대한 공헌을 했다.

아Q는 무식한 날품팔이면서도 자존심이 대단히 강했다. 말할 것도 없이 19세기 중반 이래 제국주의 열강에 줄곧 당하기만 하면서도 여전히 그들을 우습게 여기는 중국인들의 모습 자체이다.

승리의 기록 2

아Q는 또 자존심이 몹시 강했다. 웨이쮸앙 주민 전부가 그의 눈에 차지 않았고 심지어 두 분의 문동(文童)에 대해서도 시시해하는 기색이었다. 무릇 '문동'이란 장차 수재라는 대단한 존재로 변할지 모른다. 쨔오[趙] 나리와 치엔[錢] 나리가 마을 주민들로부터 존경을 받는 것은 돈이 많다는 것 말고도 둘 다 문동의 아버지이기 때문이다. 그러나 아Q만은 정신적으로 특별한 존경심을 나타내지 않았다. '내 아들이라면 훨씬 더 높은 사람이 될걸!' 그는 이렇게 생각했던 것이다. 게다가 성내에도 몇 번 가봤기 때문에 아Q가 자부심을 가지는 것도 당연한 일이다. 하지만 그는 성내 사람들도 몹시 우습게 여겼다. 예를 들어 길이 석 자에 너비 세 치의 널빤지로 만든 의자를 웨이쮸앙에서는 "긴 걸상"이라 하고 자기도 그렇게 부르는데 성내 사람들은 "쪽걸상"이라고 부른다. 아Q 생각에 이건 틀린 것이고 웃기는 일이었다. 대구를 지질 때도 웨이쮸앙에서는 반 치 길이의 파를 얹는데 성내에서는 실처럼 가늘게 썬 파를 얹는다. 아Q 생각에 이것도 틀렸고 웃기는 일이었다. 어쨌거나 웨이쮸앙 사람들은 성내의 생선 지짐을 본 적이 없으니, 정말로 세상 구경 못해 본 가소로운 시골뜨기인 것이다.

의자의 호칭이나 음식 위에 얹는 파 모양을 문제 삼는 아

Q, 전통을 내세우며 자기들과 '다른' 존재나 사고방식을 인정하지 않는 중국인의 모습을 떠오르게 한다. 중국인들의 극단적 자기중심성을 대표하는 아Q의 언행은 여기서 그치지 않는다. 그의 태도는 거의 억지에 가깝고, 강자에는 약하고 약자에게 강한 비굴함도 유별나다.

승리의 기록 3

아Q는 "옛날에는 잘살았고" 견식도 높았으며 그뿐만 아니라 "정말 일도 잘"했으므로 원래는 거의 완벽한 사람이었다. 하지만 애석하게도 그는 육체적으로 약간의 결함이 있었다. 가장 고민스러운 것은 그의 머리에 언제 생겼는지 모르는 나두창(癩頭瘡: 나병자국처럼 허옇게 번들거리는 부스럼-역주)이 몇 군데 번들거리고 있다는 점이었다. 자기 몸에 있는 것이기는 하지만 아Q가 생각할 때 그것만은 귀한 것이라는 생각이 안 드는 모양이었다. 왜냐하면 그는 나두창의 '나' 자나 그와 같은 발음이 나는 글자까지도 꺼렸으니 말이다. 나중에는 더 확대되어 '나두'와 관련 있는 '번들거리다'라든가 '밝다' 같은 단어도 싫어하더니, 더 나중에는 '등불'이나 '촛불' 같은 단어들까지 싫어했다. 이 금기를 어기면, 알고 그랬건 모르고 그랬건 아Q는 부스럼 자국을 온통 빨갛게 물들이며 화를 냈는데, 상대를 평가해 보고 말이 어눌한 자 같으면 욕을 하고 힘이 약한 사람이다 싶으면 때렸다. 그러나 어찌된 일인지 손해를 보는 건 아Q일 때가 많았다. 그래서 그는 차츰 방침을 바꾸어 대개는 화난 눈으로 째려보곤 했다. 하지만 아Q가 '째려보기주의'를 채택한 뒤로 웨이쮸앙의 건달들이 더욱더 그를 놀려댈 줄 누가 알았겠는가. 만나기만 하면 그들은 일부러 놀라는 시늉을 하며 이렇게 말하는 것이었다.

"와, 밝아졌다."

아Q는 여느 때와 마찬가지로 화를 내며 노려보았다.

"이제 보니 등불이 여기 있었네!"

건달들은 조금도 무서워하지 않았다.

아Q는 어쩔 수가 없었고 그래서 따로 보복의 말을 생각해내야만 했다.

"너 같은 놈은 감히 이런 거……."

그쯤 되면 그는 자기 머리에 있는 것은 고상하고 영광스러운 나두창 자국이지 보통 나두창 자국이 아닌 것 같은 생각이 든다. 그러나 앞서 말한 대로 아Q는 견식이 있었기 때문에 자신의 '금기'에 스스로 약간 저촉된다는 것을 얼른 알아차리고는 더 이상 말을 계속하지 않았다. 건달들은 그만두지 않고 계속 그를 놀려댔고 나중엔 결국 두들겨 패기까지 했다.

이제 아Q의 대표전술 '정신의 승리법'이 어떤 것인지 보

자. 아Q는 자신의 억지가 통하지 않게 되면 현실을 교묘하게 자기중심적으로 왜곡해서 납득한다. 주먹다짐에서 지고서도 자신이 얼마나 한심하고 초라한 존재인지 인정하려 들지 않는다. 아편전쟁 이래 이리저리 외세에 시달리면서도 여전히 스스로를 최고로 생각하는 중국인들의 은유임은 말할 것도 없다. '정신승리법' 이란 어휘는 루쉰이 처음 이 작품에서 사용한 이래 거의 보통명사화 되었다.

승리의 기록 4

형식상으로는 아Q의 패배였다. 놈들은 누런 변발을 휘어잡고 벽에다 아Q의 머리를 너덧 번 쿵쿵 짓찧는 것이었다. 건달들은 그제야 만족해하며 의기양양하게 돌아갔다. 아Q는 잠시 서서 속으로 생각했다.

'이건 자식에게 얻어맞은 셈이야. 요즘 세상 정말 개판이라니까…….'

그러고는 역시 만족스러워하며 의기양양하게 돌아갔다.

이렇게 아Q가 마음속으로 생각한 것을 나중에 하나하나 다 입 밖에 내어 말하는 바람에, 아Q를 놀리던 사람들은 그에게 일종의 정신적인 승리법이 있다는 것을 거의 다 알게 되었다. 그 뒤로는 그의 누런 변발을 낚아챌 때마다 사람들이 먼저 그에게 이렇게 말했다.

"아Q, 이건 자식이 아비를 때리는 게 아니라 사람이 짐승을 때리는 거야. 자, 니 입으로 말해봐, 사람이 짐승을 때린다!"
아Q는 두 손으로 자신의 변발 밑동을 움켜잡고 머리를 꼬면서 말했다.
"버러지를 때린다, 됐냐? 나는 버러지 같은 놈이다……. 그래도 안 놔 줄래?"
그러나 버러지가 되었는데도 건달들은 놓아주질 않았다. 전과 마찬가지로 가까운 아무 데나 그의 머리를 대여섯 번 소리 나게 짓찧어주고 그런 뒤에야 만족스럽게 의의양양해하며 돌아가는 것이었다. 그들은 이번에야말로 아Q가 꼼짝 못할 거라고 생각했다. 그러나 10초도 지나지 않아 아Q도 역시 만족해하며 의기양양하게 돌아갔다. 그는 자기야말로 자기 경멸의 1등이라고 생각하는 것이었다. 앞의 자기 경멸만 빼면 1등이라는 말만 남는다. 장원 급제의 장원도 '1등' 아닌가? "네까짓 것들이 다 뭐냐?" 그거다. 아Q는 이처럼 여러 가지 묘수를 써서 적을 이겨낸 뒤에는 유쾌하게 술집으로 달려가 술을 몇 잔 걸치고 또 다른 사람들과 한바탕 시시덕거리고 한바탕 입씨름을 하여 또 승리를 거두고는 유쾌하게 사당으로 돌아와 머리를 거꾸로 처박고 잠이 들었다.

이어, 노름판에서 벌어진 사건에서도 예외 없이 아Q의 '정신승리법'은 효과를 발휘한다.

승리의 기록 5

돈이 생기면 노름을 하러 갔다. 사람들이 한 무리 땅바닥에 쭈그리고 앉아 있으면 아Q는 얼굴에 땀을 뻘뻘 흘리며 그 속에 끼어 있었고 목소리도 제일 컸다.

"청룡(青龍)에 400!"

"자~ 갑니다~!"

노름판 물주도 땀범벅이 된 얼굴로 노래하듯 외친다.

"천문(天門)이로구나~ 각(角)은 텃고~! 인(人)하고 천당(穿堂)운 아무도 없구요~! 아Q 동전은 이리 가져오고~!"

"천당에 100~150!"

아Q의 돈은 이런 노랫가락 속에 점차 땀범벅 얼굴을 한 또 다른 남자의 허리춤으로 들어갔다. 돈을 다 잃은 아Q는 결국 거기서 밀려날 수밖에 없다. 구경꾼처럼 뒤에 서서 자리가 파할 때까지 다른 사람을 위해 애를 태우기도 하고 못내 아쉬워하기도 하다가 돌아갔으며 그 다음 날엔 눈이 부은 채로 일하러 가곤 했다.

그러나 참으로 '인간만사 새옹지마'인가 보다. 아Q는 불행히도 딱 한 번 땄다가 도리어 낭패를 본 적이 있다. 웨이쭈앙에서 마을 제사가 있던 날 밤의 일이었다. 풍습대로 그날 밤에도 연극이 있었고, 무대 왼쪽에서는 여느 때나 마찬가지로 노름판이 거하게 벌어졌다. 연극판의 징 소리와 북소리가 아Q의 귀에는 십 리 밖에서 나는 것 같았고, 아Q에게 들리는 것은 오로지 노름판

물주의 노랫소리뿐이었다. 그는 따고 또 땄다. 동전이 작은 은전으로 바뀌고 작은 은전이 큰 은전으로 바뀌더니 나중엔 큰 은전이 그득 쌓였다. 그는 엄칭나게 신바람이 났다. "천문(天門)에 2원!" 그러다 어느 순간, 도무지 영문을 알 수 없는 싸움이 났다. 욕하는 소리, 때리는 소리, 뭐가 뭔지 알 수 없는 한바탕 소란이 지나고 그가 간신히 일어나 보니 노름판도 사람들도 보이지 않았다. 몸이 여기저기 아픈 걸로 보아 주먹질이나 발길질을 몇 번 당한 것 같았고, 사람들이 몇 사람 이상해하며 그를 쳐다보았다. 그는 넋이 나가 사당으로 돌아왔는데 정신을 차리자마자 자신의 은전 뭉치가 없어졌다는 걸 알았다. 마을 제삿날 벌어지는 노름판은 대부분 이 마을 사람들이 아니니 그걸 어디 가서 찾는단 말인가! 하얗게 반짝이던 은전 더미! 더구나 자기 것이었는데 죄다 사라져버린 것이다. 자식이 가져간 셈 치려 해도 여전히 마음이 개운치 않았고, 자기를 벌레라고 해보아도 역시 개운치 않았다. 그도 이번만은 실패의 고통이라는 것을 약간 느꼈다.

노름판에서 돈을 따는 아Q(목판화).

그러나 그는 금세 패배를 승리로 바꾸어놓았다. 그는 오른손으로 자기 뺨을 힘껏 연달아 두 번 쳤다. 얼얼할 정도로 아팠다. 때리고 나서 마음을 가라앉히자 때린 것이 자기라면 맞은 것은 또 하나의 자기인 것 같았다. 잠시 후에는 자기가 남을 때린 것 같은 느낌이 드는지라, 비록 아직 얼얼하긴 했지만 만족스럽고 의기양양하게 드러누워 잠이 들었다.

아Q의 사전에는 패배도 좌절도 있을 수 없다. 이는 물론 각고의 노력으로 패배와 좌절을 극복하는 것과는 전혀 다르다. 자의식이 없는 존재에게 있을 수 있는 전형적인 자기기만 현상인 것이다.

제3장 승리의 기록(속편)

아Q의 극단적 자기중심성과 비열함을 그린 에피소드는 계속된다.

승리의 기록(속편) 1

이렇게 아Q는 늘 자기 나름대로 승리하기는 했지만, 그가 비로소 유명해진 것은 자기가 짜오 씨네 일가라고 떠들다가 짜오 나리에게 따귀를 얻어맞고부터였다.

그는 그날 얻어맞고 마을의 지보에게 술값까지 뜯기고 돌아와서는 화가 나 드러누워 있다가 나중에 이런 생각을 했다.

'요즘 세상은 너무 돼먹지 않았어. 자식이 애비를 치다니…….'

그러다 문득 짜오 나리의 위세가 생각났지만 이제는 그가 자기 자식이 된 것이다. 그러자 스스로 점점 의기양양해져서, 일어나 「젊은 과부 성묘 가네」라는 노래를 부르며 술집에 갔다. 이럴 때면 짜오 나리가 다른 사람들보다 한 단계 고귀한 인물이라고 생각했다. 이상하게도 그 뒤로는 확실히 사람들도 그를 각별히 존중하는 듯했다.

아Q로서는 자기가 짜오 나리의 아버지뻘이라서 그런 거라고 생각했을지 모르지만 실은 아니다. 보통 웨이쮸앙에서는 칠남이가 팔동이를 때렸다거나 이 아무개가 장 아무개를 때렸다고 하면 사건 축에 못 들고, 반드시 짜오 나리 같은 유명한 분과 관련되어야만 사람들 입에 오른다. 일단 입에 오르게 되면 때린 사람이 유명한 사람이므로 맞은 사람도 그 덕에 유명해진다. 아Q에게 잘못이 있다는 것은 물론 말할 필요도 없다. 왜냐? 짜오 나리는 잘못할 리가 없기 때문이다. 하지만 아Q가 잘못을 했는데도 왜 사람들이 그를 각별히 존중하는 것 같을까? 이건 난해한 문제다. 그러나 따져보자면, 아Q가 짜오 나리의 일가라고 했다가 매를 맞기는 했으나 혹시 정말 일가일지도 모르는 일이고, 그러니까 조금은 존중해두는 편이 낫겠다고 생각하기 때문일 수도 있다.

아니면 공자님을 모신 사당의 제사상에 놓였던 소처럼, 비록 돼지나 양 같은 짐승이라도 성인께서 수저를 댄 것이니 선비 나리들도 감히 함부로 못하는 것과 같은 이치일 것이다.

아Q 주위의 웨이쮸앙 주민의 모습들 역시 우스꽝스럽기는 마찬가지이다. 나름대로 영악하고 마치 '모든 권력은 정당하다'고 여기는 듯 강자에 대해서는 일단 조심스럽고 비굴하다.

한편 특유의 '정신승리법'으로 늘 의기양양해하는 아Q였지만 그렇다고 굴욕적인 사건이 전혀 없었던 것은 아니다. 왕털보와 가짜 양놈에게 두들겨 맞은 사건이 바로 그것이다. 특히 평소 깔보던 왕털보에게 얻어맞고 분해하는 아Q를 보며, 당시 독자들은 청일전쟁의 패배를 떠올렸을는지 모른다. 바다 건너 사는 동쪽 오랑캐에 불과하던 일본에게 지다니!

승리의 기록(속편) 2

아Q는 아무튼 그 뒤 여러 해 동안 기세가 등등했다.

어느 해 봄, 그는 얼큰히 취한 채 길을 가다가 담장 아래 양지바른 곳에서 털보 왕씨가 웃통을 벗어젖히고 이를 잡고 있는 것을 보았다. 그는 갑자기 자기 몸도 가려워지는 느낌이었다. 털보 왕씨는 아Q처럼 백대머리 부스럼, 즉 나두창이 있고 수염도 덥

수룩해서 사람들은 "왕라이후[王癩鬍]" (대머리 부스럼 털보 왕씨)라고 불렀는데 아Q는 거기서 나두창의 '라이(癩)' 자만 빼고 부르며 그를 몹시 경멸했다. 아Q 생각에 나두창은 이상한 것이라고 할 수 없지만 그 구레나룻만은 정말 신기하고 꼴불견이었다. 아Q는 그자 옆자리에 앉았다. 다른 건달이었다면 옆에 가서 앉을 엄두를 못 냈겠지만, 이 왕털보 옆에서 겁날 것이 있겠는가? 솔직히 그 옆에 앉아주는 것만으로도 왕털보를 대접해주는 일이었다.

아Q도 낡은 겹저고리를 벗고 뒤집어서 검사해보았다. 새로 빨아서인지, 아니면 꼼꼼하질 못해서인지 한참 시간을 들여 이를 겨우 서너 마리밖에 잡지 못했다. 왕털보를 보니, 한 마리, 또 한 마리, 두 마리, 세 마리 연달아 입에 넣고 툭툭 깨물어 소리를 냈다. 처음에는 맥이 빠져 있던 아Q가 나중에는 슬슬 화가 났다. 같잖은 왕털보도 저렇게 많은데 자신은 이렇게 적다니, 이런 체통 안 서는 일이 있나! 그는 큰 놈을 한두 마리 찾아내려고 했지만 끝내 못 찾았다. 겨우 중간 크기 한 마리를 잡아 못마땅한 듯 두툼한 입술 속에 밀어 넣고 힘껏 툭 하고 깨물어 보았지만 역시 왕털보가 내는 소리만은 못했다.

그는 부스럼 자국 하나하나가 다 시뻘게져서는 옷을 땅바닥에 내동댕이치며 침을 탁 뱉고 말했다.

"이 털벌레 같은 놈!"

"털 빠진 개새끼, 누굴 욕하는 거냐?"

왕털보가 경멸하듯 눈을 치켜뜨며 말했다.

아Q는 근래 사람들에게 비교적 존경도 받고 있고 스스로도 더욱 거만하게 굴기는 했어도 싸움 잘하는 건달들을 보면 여전히 겁이 났다. 하지만 이번엔 아주 용기가 났다. 이따위 털보 자식이 감히 방자하게 지껄이다니!

"누군 누구야, 그렇게 대답하는 놈이지!"

아Q는 일어서서 두 손을 허리춤에 대고 말했다.

"너 맞구 싶어 뼈다귀가 근질근질하냐?"

왕털보도 일어서서 옷을 걸치며 말했다.

아Q는 그가 도망가려는 줄 알고 주먹을 한 대 날렸지만 그 주먹은 목적지에 닿기도 전에 상대방에게 벌써 붙들렸다. 왕털보가 한 번 잡아당기자 아Q는 비틀비틀 끌려가더니 금방 그에게 변발을 휘어 잡혔다. 그러고는 담벼락으로 끌려가 늘 당하던 대로 이제 그 위에다 머리통을 짓찧게 생겼다.

"君子動口不動手(군자동구부동수: 군자는 말로 이르되 손을 쓰지 않느니라-역주)!"

아Q는 머리를 비틀며 말했지만 왕털보는 군자가 아니었나 보다. 이 말에 아랑곳 않고 아Q의 머리를 다섯 번이나 짓찧고는 힘껏 밀쳐버리더니, 아Q가 2미터가량 나가떨어지자 만족해하며 가버렸다.

아Q의 기억으로 이것은 생애 최고의 굴욕이라 해야 할 것 같았다. 왕털보는 구레나룻 수염 때문에 항상 자기에게 무시를 당해왔을 뿐인데, 그쪽에서 손찌검을 해온다는 것은 상상도 할 수 없는 일이었기 때문이다. 정말 세상 소문처럼 황제께서 과거 시험을 폐지하시고 수재와 거인을 뽑지 않기로 하셔서, 짜오 씨 집안의 권세가 약해진 건가? 그래서 사람들이 자기까지 멸시하는 것일까?

드물게 치욕을 당한 아Q지만, 분풀이할 상대만 있으면 된다. 이제 화풀이로 시비를 걸었다가 도리어 혼쭐이 나는 장면이 이어진다. '정신승리법'으로 안 되면 이번엔 '망각 효과'라는 것이 있다.

승리의 기록(속편) 3

아Q는 어찌할 바를 모르고 서 있었다.

그런데 멀리서 걸어오는 남자가 하나 있었다. 또 하나의 적이었다. 치엔 나리의 큰아들, 바로 아Q가 가장 혐오하는 사람 중의 하나였다. 그는 성내의 서양식 학교에 다니다가 어떻게 된 건지 다시 일본으로 건너갔는데, 반년 만에 돌아왔을 때는 서양인들처럼 걸음걸이도 일자가 되고 변발도 사라지고 없었다. 머리칼을 자르다니, 오랑캐에게 혼을 팔아먹은 거나 다름없다. 그자 어머니는 십여 차례나 울고불고했고 그 마누라는 세 번이나 우물에 뛰어들었다. 나중에 그네 어머니는 가는 곳마다 말했다.

"변발은 술에 취했다가 나쁜 사람들한테 잘린 거예요. 원래는 높은 관직에 갈 수 있었는데, 이젠 머리가 자랄 때까지 기다렸다가 어찌 해보는 수밖에 없네요."

왕털보에게조차 지고 치엔나리의 큰 아들(일명 가짜 양놈)에게 화풀이를 하려다 도리어 봉변을 당하는 아Q.

아Q는 그 말을 믿지 않았고 죽어도 그를 "가짜 양놈" 또는 "오랑캐 앞잡이"라고 부르며, 볼 때마다 꼭 속으로 몰래 욕을 퍼부어주었다.

아Q가 더더욱 '깊이 증오하고 원통해마지 않는' 것은 그의 가발로 된 변발이었다. 변발이 가짜라면 사람 노릇 할 자격도 없는 것이다. 그자 마누라도 네 번째로 우물에 뛰어들지 않는 것으로 보아 제대로 된 여자는 아니다.

그 '가짜 양놈'이 가까이 다가왔다.

"대머리, 개새……."

늘 속으로만 욕을 하던 아Q였지만 이날은 마침 이미 열을 받은 상태인 데다 어딘가에 분풀이를 하고 싶던 참이라 자기도 모르게 조그맣게 소리를 내고 말았다.

뜻밖에도 그 대머리는 노란 칠을 한 지팡이—아Q 왈, 장례식에서 곡하며 상여 뒤를 따를 때 쓰는 지팡이—를 들고 성큼성큼 다가왔다. 그 순간 아Q는 때리려나 보다 싶어 온몸을 움츠리고 어깻죽지를 치켜든 채 기다렸다. 과연 퍽! 소리가 났고 확실히 머리에 맞은 것 같았다.

“쟤한테 한 말인데!”

아Q는 근처의 한 아이를 가리키며 변명했다.

퍽! 퍽퍽!

아Q의 기억으로 이것이 아마 생애 둘째가는 치욕이라 해야 할 것이다. 다행히 퍽퍽 소리가 난 뒤에 그는 오히려 사건이 완결된 것 같아 차라리 홀가분한 느낌이 들었고, 또한 ‘망각’이라는 조상 대대로 전해 내려오는 보물이 효력을 나타냈다.

천천히 걸어 술집 문 앞에 도착했을 때는 벌써 기분이 상당히 좋아져 있었다.

‘아Q의 적’ 치엔 나리의 큰아들은 서양식 학교를 다니고 일본 유학을 다녀온, 이른바 신식 신사이다. 그는 개화파 인사답게 일찍이 변발을 잘랐지만 고향에 돌아와서는 주위 사람들의 반응을 생각해 가발로 된 변발을 붙이고 다녔다. 그런 그를 '가짜 양놈' 이라고 경멸하는 아Q의 모습은 개화파 인사들에 대한 당시 사람들의 일반적인 인식을 대변하는 것이라고 할 수 있다. 치엔 나리의 큰아들 역시 겉모양만 개화파 흉내를 내는 기회주의적 지식인의 대표적 형상이다. 그 구체적인 이유는 작품의 후반부에서 희화적으로 드러난다.

평소부터 한심하게 여기던 왕털보에게 트집을 잡다가 얻어맞고, 그 분풀이로 유력자의 큰아들에게 무엄한 언동을 했다가 봉변을 당한 아Q지만, '정신승리법'으로 안 되면 '망각효과'라는 것이 있으니 전혀 문제 될 것이 없다.

그런데 뜻밖의 상황이 닥친다. 마을 외곽에 있는 암자의 여승과 마주치자 조금 전의 치욕이 되살아난 것이다. 유교를 숭상하던 시대에 비구니는 사회적 약자였고 아Q에게는 몇 안 되는 '만만한 사람' 가운데 하나였다.

승리의 기록(속편) 4

그때 맞은편에서 정수암(精修庵)의 젊은 여승이 걸어왔다. 아Q는 평소에도 그녀를 보면 침을 뱉고 욕을 하고 싶어지곤 했는데, 하물며 굴욕을 당한 직후임에랴. 그는 기분 나빴던 기억이 되살아나고 적개심이 솟았다.

'오늘 왜 이렇게 재수가 없나 했더니 널 만나려고 그랬구나!'

그는 앞을 막아서며 큰 소리로 침을 뱉었다.

"칵, 퉤!"

젊은 여승은 전혀 거들떠보지도 않고 고개를 숙인 채 지나가기만 했다. 아Q는 다가가 갑자기 손을 뻗어 그녀의 새로 밀어낸 머리를 쓰다듬고 바보같이 웃으며 말했다.

"중대가리야, 빨리 집에 가! 중놈이 기다린다니까……."

"어찌 이리 지분거리느냐……."

여승은 얼굴이 빨개져 걸음을 재촉했다.

술집 안에 있던 사람들이 크게 웃었다. 아Q는 자기 공로가 칭찬을 받자 더욱 신이 났다.

"중놈은 집적거려도 되고, 나는 안 된다는 건가?"

그는 그녀의 볼을 꼬집었다.

술집 안 사람들이 크게 웃자 아Q는 더욱 득의양양해졌다. 그 구경꾼들을 만족시켜주기 위해 한 번 더 힘껏 꼬집어주고서야 놓아주었다. 그는 이것으로 왕털보도 가짜 양놈 일도 잊어버렸으며 오늘의 모든 악운에 분풀이를 한 듯싶었다. 게다가 신기하게도 아까 퍽퍽 소리 나게 얻어맞은 뒤보다 온몸이 더욱 홀가분하고 훨훨 날아갈 것 같은 기분이었다.

"이 대가 끊길 놈의 아Q!"

멀리서 젊은 여승의 울음 섞인 목소리가 들려왔다.

"하하하!"

아Q는 100퍼센트 득의양양한 웃음을 웃었다.

"하하하!"

술집 안 사람들도 90퍼센트 득의양양하게 웃어댔다.

아Q는 이것으로 드디어 통쾌하게 화풀이를 한 것으로 여긴다. 그러나 젊은 여승을 희롱한 이 치사한 행동이 생각지도 않은 소동으로 이어질 줄 누가 알았으랴!

제4장 연애의 비극

아Q의 구애 소동

'가짜 양놈' 치엔 나리의 큰아들에게 두들겨 맞은 분풀이로 힘없는 여승을 희롱하고 의기양양해하던 아Q는, 이 사건으로 뜻하지 않게 이성(異性)에 눈뜨게 된다. 그리고 이 때문에 유례없는 호된 봉변을 당한다.

연애의 비극 1

어떤 승리자들은 적수가 호랑이나 매 같기를 바란다고 한다. 그래야만 승리의 기쁨을 느끼고, 만약 양이나 병아리 같다면 오히려 승리의 허무감을 느낀다는 것이다. 또 어떤 승리자는 모든 것을 극복하고 난 후 죽을 자는 죽고 항복할 자는 항복하여 '진실로 황공하옵고 그저 죽을 죄를 지었나이다' 하는 것을 보면,

적도 맞수도 친구도 없어지고 홀로 윗자리에서 외롭고 처량하고 적막한 상태가 되어 오히려 승리의 비애를 느낀다는데, 우리의 아Q는 그렇게 나약하지 않았다. 그는 영원히 득의양양했다. 그것은 어쩌면 중국의 정신문명이 지구상에서 가장 뛰어난 한 증거인지도 모른다. 보라, 훨훨 날아다니는 것 같지 않은가!

그러나 이번 승리는 약간 이상했다. 한나절 훨훨 날아다니듯 돌아다니다가 훌쩍 사당으로 돌아왔는데, 여느 때 같으면 드러눕자마자 코를 골아야 했건만, 의외로 이날 밤 아Q는 쉽게 눈을 붙이지 못했다. 자신의 엄지와 검지가 보통 때보다 어쩨 매끈거리는 것 같은 것이 이상한 느낌이 들었다. 그 젊은 여승의 얼굴에 뭔가 매끄러운 것이 있어 묻어난 건지, 아니면 손가락을 여승 얼굴에 문질러 매끈매끈해진 건지….

"대가 끊길 놈의 아Q!"

아Q의 귀에 그 말이 또 들렸다. 생각해보니 맞는 말이다. 그러고 보니 여자가 하나 있긴 있어야겠다. 자손이 끊어지면 아무도 제사상을 차려주지 않을 것이다……. 여자가 하나 있어야 한다. 불효에는 세 가지가 있으나 그중 으뜸이 후손 없는 것이라 했고, 귀신이 되어 밥도 못 얻어 먹게 되는 것도 인생의 큰 슬픔이다. 이런 생각들은 모두 성현의 말씀에 부합되는 것이다. 다만 애석하게도 나중에 방심했다가 제대로 수습을 못하게 된 것 뿐이다.

"여자, 여자……!"

"……중놈이 집적대는……여자, 여자……여자!"

우리는 이날 밤 아Q가 언제부터 코를 골았는지 알 수 없다. 그러나 대략 이 때부터 늘 손가락이 매끈거림을 느꼈고 그 때문에 좀 들떠 있었다. 그러면서 생각했다.

"여자……"

이 한가지만 봐도, 여자란 해로운 물건임을 알 수 있다. 중국 남자는 원래 거의 다 성현이 될 수 있었는데 여자 때문에 망쳤다. 상(商)나라는 달기(妲己)가 멸망시켰고, 주(周)나라는 포사(褒姒)가 못쓰게 만들었다. 진(秦)나라는 ……역사서에 분명한 기록은 없지만 역시 여자 때문이었다고 가정해도 아마 아주 틀리지는 않을 것이다. 그리고 동탁(董卓)은 분명 초선(貂蟬)에게 살해된 것이다.

아Q도 원래는 올바른 사람이었다. 어디서 배웠는지는 몰라도 '남녀유별'에 대해서는 늘 아주 엄격했고, 젊은 비구니나 가짜 양놈 같은 부류를 배척하는 정기도 대단했다. 아Q의 학설에 의하면, 모름지기 여승은 반드시 중들과 사통을 하고 여자가 혼자 밖에 나다니는 것은 반드시 남자를 유혹하려는 것이며, 남녀가 단둘이 한쪽에서 이야기를 하고 있으면 분명 무슨 수작이 있다는 뜻이다. 그런 자들을 보면 징계한다는 견지에서 아Q는 화난 눈으로 노려보기도 하고, 큰 소리로 상대방 속마음을 자기 식으로 까발리는 말을 퍼붓거나, 으슥한 곳이면 뒤에서 돌멩이를 던지기도 했다. 그런 그가 어쩌다 서른, 즉 '이립(而立)'의 나이에 젊은 여승 하나 때문에 정신을 못 차릴 정도로 망가질 줄 누가 알았겠는가. 이것은 유교의 가르침에서는 있을 수 없는 일이다. 그래서 여자는 가증스럽다는 것이다. 그 젊은 여승의 얼굴이 매끈거리지만 않았어도, 또 천으로 얼굴을 가리고 다니기만 했어도 아Q가 이렇게 넋이 나가지는 않았을 것을. 5~6년 전 연극무대 밑에 있는 사람들 틈에서 어떤 여자의 허벅지를 꼬집은 적이 있지만, 그때는 바지가 한 겹 막고 있어 나중에 이렇게 들뜨지는 않았었다. 이것으로도 이단[13]의 가증스러움을 충분히 알 만하다.

'여자…….'

아Q는 생각했다. 그는 '남자를 꼬시려고 하는 것이 틀림없는' 여자들을 늘 유심히 살피곤 했지만, 그녀들은 전혀 그를 향해 웃지도 않고 수작을 걸어오지도 않았다. 아, 이 역시 여자들이 가증스럽고 하나같이 내숭을 떠는 존재들이라서 그런 것이다.

이날 아Q는 쨔오 나리 댁에서 하루 종일 쌀을 찧고 저녁밥을 먹은 다음 부엌에 앉아 담배를 피우고 있었다. 다른 집에서 같으면 저녁을 먹고 원래 돌아가도 된다. 그런데 쨔오 나리 댁은 저녁밥이 일렀고 보통 때는 등불을 못 켜게 되어 있어 저녁을 먹고 나면 자야 하지만 어쩌다 예외가 있다. 쨔오 나리 아드님이 과거 1차 시험에 합격하기 전 글공부를 위해 허용된 적이 있었고, 이번처럼 날품일꾼을 불러 일을 시킬 때도 등불을 켤 수 있었다.

쨔오 나리 댁의 유일한 하녀 우마가 설거지를 마치고 긴 의자에 앉아 아Q와 잡담을 나누었다.

"마님이 이틀 동안 아무것도 잡숫질 못했어. 글쎄, 나리께서 젊은 첩을 하나……."

아Q는 생각했다.

'여자…… 우마…… 이 청상과부가…….'

"우리 아씨는 오는 팔월에 아기를 낳으시는데……."

'여자…….'

아Q가 담뱃대를 내려놓고 일어섰다.

"우리 아씨가 있잖아……."

우마는 계속 수다를 떨었다.

"나하고 자자, 나하고 너하고 자!"

아Q는 갑자기 다가가 그녀에게 무릎을 꿇었다.

한순간 조용해졌다.

"아이고, 엄니!"

우마는 잠깐 얼떨떨해하더니 갑자기 부르르 떨고는 큰 소리를 지르며 밖으로 뛰어나갔다. 뛰어가면서 소리를 질렀고 나중에는 울음이 섞이는 것 같았다.

아Q는 벽을 향해 꿇어앉은 채 멍하니 있다가 천천히 일어나면서 뭔가 좀 잘못된 것 같다는 느낌이 들었다. 그러자 확실히 마음이 약간 불안해져서 서둘러 담뱃대를 허리띠에 찔러 넣고 쌀을 찧으러 가려고 했다. 퍽! 그때 머리에 뭔가 굵직한 것이 떨어졌다. 급히 돌아보니 짜오 수재가 굵은 대나무 몽둥이를 들고 서 있었다.

"고얀 놈…… 네 이놈……!"

"굵은 대나무 몽둥이가 또 그를 향해 떨어졌다. 이번엔 두 손으로 머리를 감싸고 있다가 몽둥이에 손가락 마디를 맞아 몹시 아팠다. 부엌문을 뛰쳐나오다 등을 또 한대 얻어 맞은 것 같다.

"왕빠딴[忘八蛋]!" [14]

수재 선생이 북경관화(北京官話)[15]로 욕을 했다.

아Q는 쌀 찧는 곳으로 뛰어 들어가 혼자 서 있자니 손가락도 아직 아프고 "왕빠딴"이라는 말도 기억났다. 웨이쮸앙의 시골 사람들은 쓰지 않는, 오직 관청 일을 보는 높은 분들만 쓰는 말이어서 각별히 두려웠고 유별나게 인상 깊었다. 그래서 '여자…….' 운운하던 생각도 사라져 버렸다. 매를 맞고 욕을 먹고 나니 사건도 일단락된 것 같아 마음이 개운해진 아Q는 쌀을 찧기 시작했다.

일을 하다 더워진 아Q가 웃통을 막 벗으려는데 바깥에서 왁자지껄하는 소리가 들렸다. 태생적으로 워낙 떠들썩한 구경을 좋아하는 아Q인지라 소리 나는 곳을 찾았다. 가보니 짜오 나리 댁

안마당이었고, 꽤 어두워지긴 했지만 아는 사람들이 많이 눈에 띄었다. 이틀이나 굶으셨다는 짜오나리댁 마님도 끼어있고, 이웃집 쩌우[鄒]댁이랑 진짜 일가인 쨔오빠이옌과 쨔오쓰천도 있었다.

아씨가 우마를 방 밖으로 끌고 나오며 말했다.

"밖으로 나와……. 그럼 안 돼지, 자기 방에 틀어박혀 엉뚱한 생각을 하면……."

"자네 행실 바른 걸 누가 모르나……. 자살 같은 건 절대 하면 안 돼."

쩌우댁도 거든다. 우마는 그저 울기만 하고 사이사이 말을 하기도 했지만 똑똑히 들리지는 않았다. 아Q는 생각했다.

'흥, 이거 재밌네. 저 청상과부가 지금 무슨 수작을 부리는 거지?'

그때 그는 문득 쨔오 나리가 자기를 향해 달려오는 것을, 그리고 그 손에 굵은 대나무 몽둥이가 들려 있는 것을 보았다. 그 대나무 몽둥이를 보자 아까 얻어맞은 생각이 났고, 비로소 이 소란이 자기와 관련 있는 것 같다는 느낌이 들었다. 그는 몸을 돌려 달아났다. 쌀 찧는 곳으로 도망가려 했으나 그 대나무 몽둥이가 길을 가로막는 바람에 다시 몸을 돌려 달아났다. 자연히 뒷문으로 빠져 나오게 되었고 잠시 후 벌써 마을 사당에 와 있었다.

웨이쮸앙의 최대 유력자 쨔오 나리 댁 하녀 우마[吳媽: 오

씨 아줌마에게 구애를 했다가 대소동이 벌어진 것이다. 짜오 나리 댁에서 도망쳐 나오긴 하지만 거기서 끝날 문제가 아니다. 이 모든 소란의 빌미를 제공한 대가로 각종 명목의 배상이 청구되는데, 그중에는 '목매 죽은 귀신을 쫓는 굿' 비용도 들어 있다. 우마가 자살할지 모르기 때문이다. 자살은 여성이 자신의 정절에 대한 결백을 주장하는 가장 효과적인 시위였다. 아Q는 이제 가진 것을 죄다 털어 배상에 응해야만 할 처지가 된다.

연애의 비극 2

사당에 돌아와 잠시 앉아 있던 아Q는 으슬으슬 한기를 느꼈다. 봄철이지만 밤은 제법 쌀쌀해 웃통을 벗고 있기엔 아직 추웠다. 무명 저고리를 아까 일하던 곳에 두고 온 것이 생각났으나 가지러 갈 용기가 나지 않았다. 그때 지보가 들어왔다.

"아Q, 제기랄! 짜오 나리 댁 하녀까지 손을 대다니, 그건 역적질이야 역적질. 나까지 밤에 잠도 못 자게 만들고. 이런 제길……!"

이러쿵저러쿵 한바탕 설교를 들었지만 아Q는 물론 할 말이 없었다. 결국 밤에 귀찮게 한 대가로 그자에게 평소 두 배의 술값을 뜯겼다. 아Q는 마침 현금이 없었으므로 모자를 저당 잡혔고, 그 밖에 다섯 가지 항목을 약속했다.

1. 내일 무게 1근짜리 붉은 초 1쌍, 향 1봉지를 들고 쨔오 나리 댁에 가서 사죄할 것.

2. 쨔오 나리 댁에서 목매 죽은 귀신을 쫓는 굿을 하는데 그 비용을 아Q가 부담할 것.

3. 앞으로 쨔오 나리 댁 문턱 안에 발도 들여놓지 말 것.

4. 우마에게 앞으로 뜻밖의 사태가 발생하면 모두 아Q가 책임질 것.

5. 아Q는 더 이상 품삯과 무명 저고리를 청구하지 말 것.

아Q는 다 수락을 하긴 했지만 돈이 없었다. 다행히 봄철이라 솜이불은 당장 없어도 되겠기에 그걸 저당 잡혀 약속을 이행했다. 웃통을 벌거벗은 상태로 땅바닥에 이마를 조아리며 용서를 빌고 나니 의외로 돈이 몇 푼 남았다. 그러나 그는 모자를 찾아오는 데 쓰지 않고 전부 술을 마셔버렸다.

아Q가 사죄를 하기 위해 가져다 바친 물품들은 실제 어떻게 되었을까?

쨔오 나리 댁에선 향도 피우지 않고 촛불도 켜지 않으므로 향과 초는 마님이 불공드릴 때 쓰도록 챙겨두고, 아Q의 낡은 무명 저고리는 대부분 아씨가 8월에 낳을 아기 기저귀감, 나머지 조각은 우마의 신발 밑창이 되었다.

이 사건으로 결국 아Q는 완전히 빈털터리가 되었다.

제5장 생계 문제

아Q, 마을의 기피 인물이 되다

여승을 희롱하다가 이성에 눈뜨고, 그 김에 쨔오 나리 댁 하녀 우마에게 구애를 했다가 봉변을 당한 아Q. 이 일로 그는 웨이쮸앙 마을 여자들의 몸가짐에 위협이 되는 음험한 인물로 낙인찍힌다. 그러나 무엇보다 심각한 문제는 일거리가 없어져 생계에 중대한 타격을 입게 되었다는 점이었다.

생계 문제 1

아Q는 일련의 사죄 의식을 끝내고 여느 때처럼 사당으로 돌아왔다. 해가 지자 세상이 좀 요상하다는 느낌이 점점 들었다. 자세히 생각해보다가 결국 웃통을 벗고 있기 때문이라는 것을 깨달았다. 그는 낡은 겹저고리가 아직 남아 있다는 걸 생각해내고는 그것을 몸에 걸치고 드러누웠다. 눈을 떠 보니 해는 이미 서쪽 담벼락 위쪽을 비추고 있었다.

"제기랄……."

그는 중얼거리며 일어나 앉았다.

일어나서 여느 때와 마찬가지로 동네를 어슬렁거리는데, 웃통을 벗고 있을 때의 살을 에는 아픔은 없었지만 세상이 또 약간 이상해진 것 같은 느낌이 점점 들었다. 웨이쮸앙 여자들이 이날부터 별안간 부끄러움을 타는 것 같았다. 여자들은 아Q가 걸어오는 것을 보면 부리나케 저마다 문 안으로 숨어들었다. 심지어 쉰 살이 다 되어가는 쩌우댁도 다른 사람들을 따라 허둥지둥 숨으면서 열한 살짜리 계집아이까지 불러들이는 것이었다. 아Q는 몹시 이상하다는 생각이 들었다.

'이것들이 전부 갑자기 요조숙녀 흉내를 내나? 이 화냥년들이…….'

그러나 세상이 더 이상하다고 느껴진 것은 여러 날 뒤의 일이었다. 우선 술집에서 외상을 해주려 하지 않았고, 사당을 지키는 영감이 쓸데없는 소리를 하는 것이 그를 쫓아내려 하는 것 같았다. 그 다음, 며칠째인지는 분명치 않으나 분명 여러 날째 아무도 그에게 일을 맡기러 오지 않았다. 외상을 안 주면 참고 견디면 되고, 사당지기 영감의 잔소리야 내버려 두면 그만이나, 아무도 일거리를 주지 않는 것은 아Q의 배를 곯게 하는 일이었으므로 이것만은 실로 아주 '제기랄' 일이었다. 아Q는 참다 못해 단골집들을 찾아가 물어 볼 수밖에 없었다.—물론 짜오나리 댁은 출입금지였다. 그런데 분위기가 달라져 있었다. 반드시 남자가 나와, 몹시 귀찮다는 얼굴로 마치 거지를 돌려보내듯 손사래를 치며 말하는 것이었다.

"없어, 없어! 나가!"

아Q는 드디어 마을 사람들 모두의 기피 인물이 된 것이다. 이 와중에 아Q는 자기에게 맡겨지던 일이, 더 어리고 약골인 '샤오D'에게 돌아가고 있다는 것을 알게 되자 또 한 번 화풀이할 기회를 노린다. 이 다음 장면에서 보는 것처럼 결과는 늘 그렇듯, 싸움을 건 아Q가 얻어맞고 조롱당하는 것으로 끝이 난다.

생계 문제 2

지금껏 이 집들이 일거리가 이렇게 없었던 적은 없었는데 이상한 일이다. 아Q는 이면에 뭔가 수상쩍은 것이 분명 있다고 생각했다. 가만히 알아보니 샤오D를 불러 일을 시킨다는 것이었다. 그는 가난뱅이 애송이로 말라깽이에다 약골이어서 아Q의 눈에는 왕털보보다도 더 아래였는데 뜻밖에도 이 애송이에게 자기 밥그릇을 빼앗긴 것이다. 아Q의 이번 분노는 여늬 때와 달랐다. 씩씩거리며 걷다가 갑자기 손을 치녀들고 노래를 했다.

"이손에 쇠채찍을 들고 네 놈을 치리라!……"

며칠 뒤 그는 마침내 치엔 나리 댁 앞에서 샤오D와 마주쳤다. "원수는 원수를 알아본다."고, 아Q가 다가가자 샤오D도 멈춰

섰다.

"개새끼!"

아Q가 노려보며 말했다. 입가에는 침이 튀었다.

"나는 버러지 같은 놈이다. 됐냐……?"

샤오D가 말했다.

그가 겸손하게 나오니 아Q는 오히려 더욱 화가 나서, 다가가 샤오D의 변발을 움켜쥐었다. 샤오D는 한 손으로 자기 변발 밑동을 보호하면서 다른 한 손으로 아Q의 변발을 움켜잡았고, 아Q도 놀고 있는 한 손으로 자기 변발 밑동을 붙들었다. 옛날 같으면 아Q에게 샤오D는 아무것도 아니었지만 요사이 며칠을 굶은 상태라 막상막하였다. 네 개의 손이 두 개의 머리채를 잡아당기며 허리가 구부정해진 상태로 치엔씨 댁 집 흰 벽에 무지개 그림자가 생겼다. 아Q나 샤오D 같은 사람들이나 입는 검푸른 옷 색깔이 비쳐 검푸른 무지개였다.

"됐어, 됐어!"

구경꾼들 중에 이렇게 말하는 사람이 있었다. 아마 말리는 소리였을 것이다.

"좋다, 좋아!"

이번엔 말리는 건지 칭찬하는 건지 부추기는 건지 알 수가 없었다. 아무튼 그들은 아랑곳 않고 아Q가 세 걸음 전진하면 샤오D가 세 걸음 후퇴, 샤오D가 세 걸음 앞으로 나오면 아Q가 세 걸음 뒤로 물러났다. 반시간쯤 흘렀을까.—웨이쮸앙엔 시계가 드물어서 정확히 말하기는 어렵지만, 어쩌면 한 20분쯤 됐나—두 사람 머리에서는 김이 피어올랐고 이마에는 땀이 흘러내렸다. 아Q의 손이 풀리고 동시에 샤오D도 손을 풀었다. 둘은 허리를 펴고 뒤로 물러서 군중들 틈을 헤치고 나갔다.

"두고 보자, 씨발……."

아Q가 돌아보며 말하자, 샤오D도 돌아보며 말했다.

"씨발, 두고 보자……."

이 한판의 싸움은 무승부였던 것 같다. 구경꾼들이 만족해했는지도 알 수 없고 달리 화제가 되지도 않았지만, 여전히 아Q에게 날품을 맡기러 오는 사람은 없었다.

'우마 사건'의 배상으로 빈털터리가 된 아Q는 일거리마저 끊어지자 살길이 막막해진다. 구걸을 할 생각으로 어슬렁거리다 정수암에 이른다. 치엔 나리 큰아들에게 얻어맞고 화풀이 대상으로 삼았다가 뜻하지 않게 아Q로 하여금 이성에 눈뜨게 만든 여승이 살고 있는 곳. 이제 아Q는 이 암자 텃밭에서 무를 훔쳐 허기를 채워야 할 정도로 곤궁한 신세였다.

생계 문제 3

따뜻한 어느 날 미풍이 살랑거려 제법 여름 기운이 돌았지만 아

Q는 한기를 느꼈다. 그건 그래도 견딜 만했지만 문제는 허기였다. 솜이불도 모자도 무명 저고리도 이제 없었다. 솜저고리까지 팔아버려 남은 건 바지뿐인데 도저히 이것까지 벗고 다닐 수는 없고, 낡은 겹저고리는 신발 밑창으로나 쓰라고 그냥 줘버리면 모를까 팔더라도 돈이 되기는 어려웠다. 전부터 길에서 돈이라도 한 뭉치 주웠으면 했지만 지금껏 눈에 띄지 않았고, 안절부절 못하며 사방을 둘러봐도 방안은 텅 비어 휑할 뿐이었다. 아Q는 이제 먹을 것을 구하러 밖에 나가 보기로 작정했다.

그는 거리를 다니며 '구식(求食)'[16]을 해볼 생각이었으나, 낯익은 술집이며 만두집이 보였지만 모두 지나쳤다. 잠시 멈춰 서지도 않았을 뿐더러 그러고 싶지도 않았다. 그가 구하고자 하는 것은 이런 것이 아니었지만, 구하는 것이 무언지 자신도 몰랐다.

웨이쮸앙은 본시 큰 마을이 아니어서 정처 없이 걷다 보니 어느덧 마을 끝이었다. 마을 바깥은 거의 논이었고 모내기 한 지 얼마 안 돼 온통 연록빛이었다. 군데군데 움직이는 검은 점이 끼어있는 것은 밭가는 농부들이었다. 아Q는 이 전원의 즐거움을 전혀 즐기지 않고 걷기만 했다. 자신의 '구식(求食)' 의 도(道)와는 거리가 먼 것임을 직감적으로 알았기 때문이다. 그러다 마침내 정수암 담장 밖에까지 와버렸다. 암자 주변도 논이고 흰 담장이 신록(新綠) 사이로 솟아있는데 뒷쪽의 얕은 토담 안은 채소밭이었다. 아Q는 망설이다 사방을 한 번 둘러보니 아무도 없었다. 그는 이 얕은 토담을 기어올라 하수오 덩굴을 붙잡고 있는데 흙덩이가 계속 와르르 떨어져 내리고 아Q도 다리가 후들거렸다. 마침내 뽕나무 가지를 타고 안쪽으로 뛰어내렸다. 담장 안쪽은 매우 울창했지만 술이나 만두, 그밖에 먹을 만한 것이 있을 것 같지는 않았다. 서쪽 담은 대나무 숲이라 바닥에 죽순이 많이 있었지만 애석하게도 아직 전혀 익지를 않았고, 유채는 이미 씨가 들어 있었다. 갓은 벌써 꽃이 피려 하고 봄배추도 장다리가 돋아 있었다. 아Q는 낙방한 과거 수험생처럼 원통한 느낌이 들었다. 그런데 천천히 채소밭 쪽으로 걸어가다가 뛸 듯이 놀라며 기뻐했다. 분명히 무 밭이었다. 그는 쪼그리고 앉아 무를 뽑았다. 그러자 문 입구에서 갑자기 둥근 머리가 불쑥 내밀어졌다가 다시 쑥 들어갔다. 분명 그 젊은 여승이었다. 아Q는 무 네 개를 얼른 뽑아 무청을 떼어내고 앞섶에 품었다. 이번엔 늙은 여승이 나와 있었다.

"아미타불, 아Q, 왜 밭에 들어와 무를 훔치는가……! 아이고, 죄악이로다. 아미타불……!"

"내가 언제 당신네 밭에서 무를 훔쳤어?"

아Q는 힐끔힐끔 걸어가며 말했다.

"지금…… 그건?"

늙은 여승이 아Q의 불룩한 앞섶을 가리켰다.

"이게 당신 거야? 무더러 당신거라고 대답하게 할 수 있어? 당신이……."

아Q는 말을 채 끝내지도 못하고 발을 빼어 도망쳤다. 커다란 검정개 한 마리가 쫓아왔던 것이다. 앞문에 있었는데 어떻게 뒤뜰까지 왔는지 모르겠다. 개는 으르렁거리며 쫓아와 막 아Q의 다리를 물려고 했다. 마침 앞섶에서 무가 하나 떨어지는 바람에 개가 깜짝 놀라 멈칫하는 사이에 아Q는 뽕나무로 기어 올라가 담장으로 옮겨 타고서 사람하고 무하고 함께 담 밖으로 굴러 떨어졌다. 뒤에는 아직 뽕나무를 향해 짖고 있는 검정개와 염불하는 늙은 여승만 남았다. 아Q는 여승이 검정개를 밖에 풀어놓지 않을까 조바심을 하며 무를 주워 들고 자리를 떴다. 길을 따라 자갈을 몇 개 주워 들었으나 개가 더 이상 나타나지 않아 자갈을 던져버리고 걸어가면서 무를 먹었다. 그러면서 생각했다.

'여기도 아무것도 없네. 성내로 가보는 게 낫겠어…….'

무 세 개를 다 먹었을 때쯤 그는 이미 성내로 들어가기로 결심이 섰다.

웨이쮸앙에서는 도저히 생계를 꾸려갈 방법이 없자, 성내로 나가볼 결심을 한 아Q는 정말 어느 날 홀연히 자취를 감춘다. 사람들은 그가 어디로 갔는지 알지 못하고 궁금해하지도 않았다. 아Q는 어차피 있으나 없으나 마찬가지인 존재였던 것이다. 그러나 아Q는 어느날 갑자기 다시 웨이쭈앙에 돌아왔고, 그것은 빅 뉴스가 된다. 어떻게 된 일일까?

제6장 중흥에서 말로까지

돌아온 아Q

자취를 감춘 지 한참 만에 아Q가 다시 나타났다. 하지만 옛날의 아Q가 아니었다. 형편이 완전히 달라진 아Q의 모습에 마을 사람들은 술렁거린다. 내막은 이러했다.

때는 신해혁명 전야로 세상이 어수선하고 뒤숭숭하던 시절, 아Q는 좀 큰 바닥인 성내에 나갔다가 혁명 전야의 혼란을 틈타 도적질하는 무리들에 끼여 한몫 챙겨서 돌아온 것이다. 조만간 일련의 혁명운동이 완결되어 아시아 최초의 공화국 '중화민국' 의 탄생을 앞둔 시기였지만, 아직 대다수의 사람들은 그저 왕조 전환기의 혼란과 불안을 느낄 뿐이었다. 청조 입장에서 혁명 당원이란 곧 역적을 의미한다. 혁명파 색출에 혈안이 된 청조의 마지막 몸부림 속에서 혁명 당원의 사형 소식이 떠돌고, 조만간 무슨 큰일이 벌어질 것 같은 분위기에 민심이 흉흉하던 시절이었다. 붙잡힌 혁명 당원이 극형에 처해진 소식을 떠벌리는 아Q의 얘기에 마을 사람들은 두려움과 호기심에 경악한다. 넓은 세상을 경험하고 돌아온 아Q는 일약 웨이쭈앙의 스타가 되고, 사람들은 위아래 할 것 없이 별안간 그에게 관심을 표하기 시작했다.

중흥에서 말로까지 1

아Q가 웨이쮸앙에 다시 나타난 것은 그 해 추석이 막 지나서였다. 사람들은 모두 놀라 아Q가 돌아왔다는 얘기들을 했고, 그래서 이전의 일들을 떠올렸다. 어디 가 있었던 걸까? 아Q가 전에 몇 번 성내에 갔을 때는 대개 일찌감치 신바람이 나서 사람들에게 떠벌리곤 했는데 이번엔 전혀 그렇질 않아 아무도 관심을 두지 않았었다. 그가 혹 사당지기 영감에겐 말을 했을지 모르지만, 웨이쮸앙의 통례상 짜오 나리와 치엔 나리, 그리고 수재 나리가 성내에 가야 비로소 하나의 뉴스거리로 쳤다. 가짜 양놈조차 아직 여기 못 끼는데 하물며 아Q따위야. 그래서 그 영감도 사람들에게 얘기를 안 한 것일테니 웨이쮸앙에서도 알 도리가 없었던 것이다.

그러나 이번에 돌아온 아Q는 전과 크게 달랐고 확실히 놀랄 만했다. 날이 저물 무렵 그는 몽롱하게 졸린 눈을 하고 술집 문 앞에 나타나더니, 계산대로 다가가 허리춤에서 한 줌 가득 은전과 동전을 꺼내 계산대 위에 던지며 말했다.

"현금이야. 술 줘!"

겹저고리도 새것이고 허리춤엔 크고 묵직한 전대도 걸려 있었다. 조금이라도 눈길을 끄는 인물을 보면 업신여기기보다는 일단 경의를 표해두는 것이 이 마을의 관례였다. 아무리 분명 아Q라도 낡은 겹저고리의 아Q와는 어딘가 달랐다. 옛말에 "士別三日便當刮目相對"(사별삼일편당괄목상대: 선비는 사흘 만에 만나도 마땅히 괄목상대해야 하나니-역주)라 했으니, 점원, 주인, 손님, 행인들 모두가 의심쩍어하면서도 동시에 우러러보는 태도를 보이는 것은 자연스러운 일이었다.

술집 주인이 먼저 고개를 끄덕끄덕하더니 말을 붙였다.

"어이, 아Q, 자네 돌아왔구먼!"

"돌아왔지."

"돈 많이 벌었네그려. 자네 어디서……."

"성내에 갔었어!"

이 소식은 다음 날 웨이쭈앙 전체에 다 퍼졌다. 모두들 현금과 새 옷과 함께 나타난 아Q의 중흥사(中興史)를 알고 싶어 했고, 그래서 술집에서, 찻집에서, 사당 처마 밑에서 조금씩 탐색을 해내게 되었다. 그 결과 아Q는 새로운 존경을 얻게 되었다.

아Q의 말에 의하면, 그는 거인(擧人: 과거시험 1차 합격자-역주)[17] 나리 댁에서 일을 했다고 했다. 이것만으로도 듣는 사람들은 모두 숙연해졌다. 거인 나리는 성이 빠이[白]인데 성내 전체에 거인은 그분뿐이어서, 그냥 "거인" 하면 그분을 말했다. 그것도 웨이쭈앙만이 아니라 사방 백 리 안에서는 그렇게 통하므로 꽤 많은 사람들은 아예 '거인'이 이름인 줄 알고 있을 정도였다.

그런 분 댁에서 일을 했다면 당연히 존경할 만했다. 그러나 계속되는 아Q 얘기에 의하면, 그는 더 이상 그 댁에서 일하고 싶지 않아서 그만두었다는데, 그것은 거인 나리가 너무나 "재수 없어서" 였다는 것이다. 이 대목에서 듣는 사람들은 모두 탄식하면서도 동시에 통쾌해했다. 아Q가 원래 거인 나리 댁에서 일할 재목이 못 되는 인간이기 때문이었고, 그렇긴 하지만 일을 그만두었다는 건 아까운 일이기도 해서였다.

아Q 얘기에 의하면, 그가 돌아온 것은 성내 사람들에 대한 불만이 이유였던 것 같았다. '긴 걸상' 을 '쪽걸상' 이라 한다든가, 생선 지짐에 파를 채 썰어 곁들이는 것들이었다. 게다가 최근에 알게 된 건데, 여자들이 길을 걸을 때 엉덩이를 흔드는 것도 좋지 않다고 했다. 반면에 때로는 크게 탄복할 것도 있었단다. 예를 들어 웨이쮸앙의 촌놈들은 서른두 장짜리 죽패(竹牌)밖에 못 치고 마작을 할 줄 아는 건 가짜 양놈뿐인데, 성내에서는 조무래기들도 모두 능숙하다는 것이다. 가짜 양놈 정도는 성내의 열 몇 살 조무래기에게만 걸려도 금세 '염라대왕 앞의 새끼 귀신' 꼴이 될 거란다. 이 대목에서 듣고 있던 사람들 모두가 얼굴을 붉혔다.

"니들, 참수하는 거 본 적 있어?"

아Q가 말했다.

"힝, 볼만하지, 혁명당을 죽이는 거야. 야, 볼만하지, 볼만해…….”

그는 머리를 흔들며 바로 맞은편 쨔오쓰천[趙司晨]의 얼굴에 침을 튀겼다. 이 대목에서 듣고 있던 사람들은 모두들 엄숙한 표정을 지었다. 아Q는 사방을 한 번 둘러보더니 갑자기 오른손을 들어, 목을 길게 빼고 넋 놓고 듣고 있던 왕털보의 목덜미 위로 획 내리치면서 말했다.

“싹둑!”

왕털보는 화들짝 놀라며 재빨리 머리를 움츠렸다. 듣는 사람들은 모두들 오싹하면서도 신이 났다. 이후 며칠간 왕털보는 머리가 띵했고, 그러고는 아예 아Q 근처에 얼씬도 하지 않으려 했다. 다른 사람도 마찬가지였다.

그 뿐이 아니었다. 돌아온 아Q는 넓은 세상의 정보통으로서만이 아니라, 진귀한 물건을 잔뜩 가지고 돌아온 것으로도 마을의 유명 인사가 된다. 진귀한 물건들이란 실은 도적단에 끼어 손에 넣은 장물들이지만, 영문을 모르는 웨이쮸앙 사람들 모두가 그 물건들을 탐낸다. 마을의 유력자와 그 마나님들까지 가지고 싶어 했으니 아Q의 주가는 오르지 않을 수 없었다.

중흥에서 말로까지 2

이즈음 웨이쮸앙 사람들의 눈에 아Q의 지위는, 쨔오 나리를 넘어선다고까지는 못해도 거의 비슷한 수준이라고 해도 잘못된 말은 아니었다.

머잖아 아Q의 명성은 웨이쮸앙의 집집마다 규중(내실)에까지 전해졌다. 웨이쮸앙의 대저택은 치엔 씨 댁과 쨔오 씨 댁뿐이라, 나머지는 거의가 그리 깊은 규중은 아니었지만 그래도 규중은 규중이니만치 놀랄 만한 일이었다.

여자들은 만나기만 하면 예외 없이 수군거렸다. 쪄우댁은 아Q에게 남색 비단 치마를 한 벌 샀는데 헌것이기는 해도 90전밖에 안 주었다더라. 쨔오빠이옌의 어머니도—짜오쓰천의 어머니란 말도 있는데, 조사를 요함— 아이에게 입힐 빨간 옥양목 윗도리를 한 벌 샀는데 7할 정도의 신품이 값은 겨우 300문이었다더라. 그러자 여자들은 모두 아Q를 간절히 만나고 싶어 했다. 만나면 도망가기는커녕 어떤 때는 아Q가 지나치면 뒤따라가서 불러 세울 정도였다.

"아Q, 자네 비단 치마 아직 있나? 없어? 옥양목 윗도리도 필요한데, 있겠지?"

나중엔 이 소식이 웬만한 규중에서 드디어 깊은 규중에까지 전해졌다. 쪄우댁이 신이 난 나머지 자기 비단 치마를 쨔오 나리 댁 마님께 구경시켜드렸기 때문인데, 마님은 또 쨔오 나리께 얘기하면서 거기다 잔뜩 치켜세웠다.

쨔오 나리는 저녁 밥상에서 수재 큰 나리와 얘기를 나누었다.

아Q가 아무래도 수상하다, 문단속을 잘해야겠다, 하지만 물건 중에 살 만한 게 아직 있을지 모른다, 쓸만한 물건이 있을거다. 게다가 마님도 마침 값싸고 좋은 모피 조끼를 한 벌 사려던 참이었다. 즉시 사람을 시켜 아Q를 찾아오게 했고, 이날 밤 기다리는 동안 특별히 등불을 밝히도록 허락했다.

하지만 등불의 기름이 상당히 졸아들었는데도 아Q는 오지 않았다. 짜오 나리 댁 식구들은 모두 조바심이 났다. 하품을 하기도 하고, 아Q가 변덕이 심하다고 욕하기도 하고, 데리러 간 쩌우댁이 서두르지 않는다고 탓을 하기도 했다. 그러나 짜오 나리는 "나, 짜오나리"가 부른 거니까, 걱정할 일이 아니라고 여겼다. 과연 식견있는 분이다. 마침내 아Q가 쩌우댁을 따라 들어왔다.

"이 사람이 자꾸 없다고 해서요. 직접 찾아뵙고 말씀드리라고 했죠. 그런데도 이 사람, 저는요……."

쩌우댁은 숨을 몰아쉬며 걸어오면서 말했다.

"나리!"

아Q는 웃는 듯 마는 듯한 표정으로 이렇게 부르더니 처마 밑에 멈춰 섰다.

"아Q, 자네 듣자 하니 밖에서 돈을 꽤 벌었다지?"

짜오 나리는 천천히 다가와 그의 온몸을 훑어보면서 말했다.

"잘됐네, 잘됐어. 그런데…… 듣자 하니 자네에게 헌 물건들이 있다던데…… 다 가져와서 좀 보여주게. 다름이 아니라 내가 좀…….”

“쩌우댁한테 말했는데요, 다 팔렸다구…….”

“다 팔렸어?”

짜오 나리는 얼떨결에 말했다.

“그렇게 빨리 팔릴 리가?”

“친구 건데, 원래 많지 않았거든요. 사람들이 좀 사갔고…….”

“그래도 조금은 남아 있을 게 아닌가?”

“이제 문발 한 장 남았습니다요.”

“그 문발 당장 가져와 좀 보여주게.”

마님이 황급히 말했다.

“그럼 내일 가져와도 좋아.”

짜오 나리는 그리 열을 내지 않았다.

“아Q, 앞으론 무슨 물건이 생기면 우선 여기부터 가져와 보여주게…….”

“값은 절대 다른 집보다 싸게 먹이지 않을 테니까!”

짜오 수재가 말했다. 이 말이 먹혀들었는지 알아보려고 수재 부인이 얼른 아Q의 얼굴을 살폈다. “난 모피조끼가 하나 필요한데” 짜오마님이 말했다. 아Q가 대답을 하기는 했지만 내키지 않는 듯한 모습으로 나가는 것으로 보아 알 수가 없었다. 모두들 몹시 실망했다. 화가 나고 걱정이 되어 하품이 멎을 정도였다. 수재는 아Q의 태도에 대해서도 불평하며, 이런 몹쓸 놈은 방비를 해야 하고 어쩌면 지보(地保)에게 분부해서 웨이쥬앙에 살지 못하게 하는 게 나을지 모른다고 했다. 하지만 짜오 나리는 생각이 달랐다. 그렇게 하면 오히려 원한을 살 수도 있다는 것이었다. 더구나 이런 장사를 하는 사람들은 대체로 "매는 제 둥지 아래 것은 먹지 않는 법"이라, 우리 마을은 오히려 걱정될 것 없으니 각자 밤에 좀 조심하면 된다는 얘기였다. 수재도 '부친의 훈계'를 듣자 과연 그렇겠다는 생각이 들어 아Q 추방 건은 즉시 철회하고, 쩌우댁에게도 이 얘기는 절대 발설하지 말 것을 당부했다.

이렇게, 마을 사람들에게 아Q는 수상하지만 함부로 할 수 없는 존재, 그리고 유력자들에게는 경계의 대상이 되었다. 그러나 그의 달라진 형편의 내막은 머지않아 어이없게 들통이 난다. 아Q 자신이 떠벌렸기 때문이다. 도둑질한 것을 자기 입으로 자랑한 것이 장차 큰 후환이 될 줄 아Q는 알 리 없었다.

중흥에서 말로까지 3

하지만 다음 날 쩌우댁은 그 남색 치마를 검정으로 물들이러 가면서 아Q의 수상쩍은 점에 대해 떠벌렸다. 수재가 그를 쫓아내려 했다는 대목만은 분명 발설하지 않았지만, 그러나 그것만으로도 아Q에게 몹시 불리했다. 우선 지보가 찾아와 문발을 가져갔다. 아Q가 그것은 짜오마님이 보자고 한 것이라고 말해도 돌려주지 않았고, 거기다 매달 바칠 상납을 정하자고 했다. 마을 사람들의 태도가 갑자기 변한 것이다. 아직은 감히 방자하게 굴지는 못해도 피하는 기색이 역력했다. 그 기색은 전에 그에게 "싹둑" 하고 당할까봐 두려워하던 때와는 달리 '경이원지(敬而遠之)' 하는 분위기였다.

다만 한 무리의 건달들만이 꼬치꼬치 아Q의 내막을 캐내려 했다. 아Q도 별로 감추려 하지 않고 뽐내며 자기 경험을 떠벌렸다. 그리하여 그들은 아Q가 일개 단역에 지나지 않는다는 것, 담은 넘어보지도 못했을 뿐 아니라 창고 속으로 들어가지도 못하고 창고 밖에서 망이나 보다가 물건을 받는 시시한 역할에 지나지 않았다는 것을 알게 되었다. 그러니까 어느 날 밤, 아Q가 막 보따리 하나를 받아 들고 두목은 다시 안으로 들어갔는데, 얼마 안 되어 떠들썩한 소리가 났고 그는 재빨리 도망쳐 밤을 틈타 성을 빠져나와 웨이쮸앙으로 돌아왔으며 다시는 그 짓을 못하게 되었다는 것이다. 그러나 이것은 아Q에게 더 불리한 얘기였다. 마을 사람들이 아Q에게 '경이원지' 한 것은 원한을 살까봐 그랬는데, 누가 알았으랴. 이제 보니 그는 더 이상 도둑질을 못하게 된 조무래기 도둑에 지나지 않았던 것이다. 그야말로 "斯亦不足畏也矣"(사역부족외야의: 이 또한 두려워할 것이 못 되느니라-역주)였다.

제7장 혁명

신해혁명과 아Q

드디어 혁명의 물결이 웨이쮸앙에까지 밀려온다. 신해혁명이라는 역사적인 사건이 실제 대다수 중국인들에게는 얼마나 의미 파악이 안 되는 어수선함과 혼돈에 불과했는지 희극적으로 그려진다. 오로지 아Q는 평소 자기가 두려워하던 사람들이 불안해한다는 사실만으로 신이 나고 혁명에 호감을 느낀다. 아Q는 급기야 무조건 혁명에 가담할 결심을 한다.

혁명 1

선통(宣統) 3년 9월 14일(1911년 11월 4일)—아Q가 전대를 짜오빠이옌에게 팔아넘긴 그 날이다—, 한밤중에 검은 뜸으로 덮은 커다란 배 한 척이 짜오 나리 댁 선착장에 도착했다. 어둠 속에서 그 배가 다가왔을 때는 마을 사람들이 깊이 잠들어 있는 시간이라 몰랐지만, 떠날 때는 새벽이 가까워 몇 사람의 눈에 띄었다. 이리저리 은밀히 조사한 결과, 그것은 바로 거인 나리네 배였음이 밝혀졌다.

그 배는 웨이쮸앙에 큰 불안을 가져와, 정오도 되기 전에 온 마을의 인심이 크게 술렁였다. 배가 뭐 하러 왔는지 짜오 나리 댁에서는 극비에 붙였지만, 찻집이나 술집에서 떠도는 말로는 혁명당이 성으로 들어오게 되어 거인 나리가 이 시골까지 피난을 온 거라는 것이었다. 오직 쩌우댁만 그건 낡은 옷상자 몇 개일 뿐이었고 거인 나리가 맡아달라고 했지만 짜오 나리가 되돌려 보냈다고 했다. 솔직히 거인 나리와 짜오 수재는 평소 사이가 좋지 않으니, 이치상 '환난을 같이할' 정분이 있을 리 없었다. 쩌우댁이 짜오 나리네 이웃에서 보고 들은 얘기라서, 아마 맞을 것이다.

그러나 소문은 무성했다. 거인 나리가 친히 오지는 않은 것 같고 다만 긴 편지를 보내 짜오 씨와는 "먼 친척"이 된다고 늘어놓았다더라, 짜오 나리는 이리저리 머리를 굴려본 결과 자기에게 손해날 것이 없을 것 같아서 상자를 받아 두었고, 지금은 마님 침대 밑에 숨겨 놓은 상태라더라. 혁명당에 대해서는, 그날 밤중에 성으로 들어왔으며 모두 흰 투구에 흰 갑옷 차림이었는데 그건 숭정황제(명나라 마지막 황제-역주)를 위한 상복으로 입은 것이라고 했다.

아Q도 혁명당이라는 말은 진작부터 들어오던 터였고 올해는 또 혁명당을 죽이는 것을 직접 구경하기도 했다. 그런데 그는 어디서 주워들었는지, 혁명당은 곧 반역이며 반역은 자기를 곤란하게 만드는 것이라는 생각을 가지고 있었기 때문에 지금까지 철저히 증오해왔던 것이다. 그런데 뜻밖에도 그것이 백 리 사방에 이름 높은 거인 나리를 그토록 겁먹게 하다니, 그는 자기도 모르게 '동경심'을 품게 되었고, 더구나 쓸데없는 웨이쭈앙 사람들이 당황해하는 표정에 아Q는 더욱 유쾌해졌다.

'혁명도 좋은 거구나.'

아Q는 생각했다.

'그 제기랄 놈들을 혁명해버리자. 이 괘씸하고 가증스런 놈들……! 그래, 나도 혁명당에 항복해야지.'

아Q는 요즘 돈도 궁하고 해서 아마 심사가 좀 뒤틀려 있었을 것이다. 더구나 빈속에 낮술을 두 잔이나 마시고 술기운이 오른 상태로 걷다 보니 기분이 들뜨기 시작했다. 어찌 된 일인지 갑자기 자기는 혁명당이고 웨이쭈앙 사람들은 모두 자기 포로인 것 같았다. 의기양양한 나머지 자기도 모르게 큰 소리로 떠들었다.

"반역이다! 반역!"

웨이쭈앙 사람들은 모두 놀라고 두려워하는 눈빛으로 그를 바라보았다. 아Q는 여태 본 적이 없는 그런 불쌍한 눈초리들을 보자 한여름에 빙수를 마신 것처럼 속이 시원했다. 더욱 신이 나서 걸어가며 고함을 질렀다.

"좋지, 원하는 건 전부 다 내 거, 맘에 드는 여자도 다 내 거. 떠떠, 챵챵! 어찌 할고, 술김에 그만 쩡[鄭] 아우 목을 쳤네. 이를 어찌 할고, 아아아, 떠떠, 챵챵, 떠 챵링챵! 내 손으로 쇠 채찍을 들어 너를 치네……."

짜오 씨 댁 두 남자 어른과 그 일가 두 사람도 대문 앞에서 혁명을 논하고 있었는데, 아Q는 못 보고 머리를 빳빳이 쳐든 채 노래를 하며 지나쳤다.

"떠떠……."

"Q씨."

짜오 나리가 겁먹은 태도로 나지막이 불렀다.

"챵챵."

아Q는 자기 이름에 '씨' 자가 붙으리라고는 꿈에도 생각지 못했으므로 자기하고는 상관없는 말이려니 하며 계속 노래만 불렀다.

"떠, 챵, 챵링챵, 챵!"

"Q씨."

"후회한들 어찌하리……."

"아Q."

수재가 할 수 없이 원래 부르던대로 불렀다.

아Q는 그제야 멈춰 서서 고개를 돌리며 물었다.

"뭐요?"

"Q씨…… 요즘…… 벌이는 좋은가?"

"벌이가 좋냐고요? 물론이죠. 원하는 건 전부……."

"저…… Q형, 우리같은 가난뱅이 동지는 괜찮겠지……."

짜오빠이옌이 벌벌 떨며 혁명당의 속셈을 떠보듯 말했다.

"가난뱅이 동지? 당신, 나보다 돈 많잖아."

그러고 나서 아Q는 가버렸다.

사람들은 모두 멍하니 말이 없었다. 짜오 나리 부자는 집에 돌아가 밤늦게까지 의논을 했다. 쨔오빠이옌은 집에 가 허리춤의 전대를 끌러 자기 마누라에게 주며 상자 밑에 숨겨놓게 했다.

아Q가 알딸딸한 상태로 돌아다니다 사당으로 돌아왔을 때는 술도 말끔히 깨어 있었다. 사당지기 영감도 의외로 그를 부드럽게 대하며 차를 대접해주었다. 아Q는 영감에게 떡을 두 개 달라 해서 먹은 다음, 쓰다 남은 싸구려 초 한자루와 촛대를 달라고 해서 불을 밝히고 자기 방에 혼자 드러누웠다. 말할 수 없이 신기하고 기분이 좋았다. 촛불은 정월 대보름날처럼 밝게 너울거렸고, 그의 생각도 너울대기 시작했다.

"반역이라? 이거 재밌네……. 하얀 투구 하얀 갑옷 입은 혁명당이 와서 청룡도에 쇠 채찍, 폭탄, 총을 들고 사당 앞을 지나다 날 부르겠지. '아Q! 같이 가세, 같이 가!' 그럼 같이 간다 그거야. 그때 되면 쓸데없는 웨이쮸앙 사람들 꼴좋겠다. 무릎 꿇고 '아Q 살려줘!' 그러겠지. 누가 들어준대? 제일 먼저 죽어야 하는 건 샤오D하고 짜오 나리지. 그리고 수재, 그리고 가짜 양놈도…… 몇 놈 남겨둘까? 왕털보는 원래는 남겨둬도 좋겠지만 역시 이젠 필요 없어……. 물건은……곧장 들어가 상자를 열면 은화에 옥양목 윗도리에…… 수재 마누라의 그 닝뽀[寧波]침대[18]부터 여기다 옮겨놓고, 그 밖에 치엔 씨 댁 탁자랑 의자도 갖다

놓고…… 아니, 쨔오 씨 댁 걸 쓰자. 나는 손대지 말고 샤오D를 시켜야지. 늑장을 피우면 따귀를 때릴 테다. ……쨔오쓰천[趙司晨]네 여동생은 너무 못생겼더라구. 쩌우댁 딸은 몇 년 더 키워야겠고, 가짜 양놈 마누라는 변발도 없는 남자랑 잤으니, 쩟, 좋은 물건은 아니지 뭐! 수재 마누라는 눈꺼풀에 흉터가 있고…… 우마는 못 본 지 오래됐는데 어디 있나 몰라. 발이 너무 큰 게 아깝단 말이야……."

아Q는 미처 생각을 다 마무리 짓기도 전에 벌써 코를 골았다. 싸구려 초가 반쯤 타고, 붉게 타오르는 불빛은 헤벌어진 그의 입을 비추었다. "어! 어!" Q는 갑자기 큰 소리를 치며 일어나 고개를 들고 황급히 사방을 두리번 거리더니, 그 싸구려 초를 보고는 또 머릴 처박고 잠이 들었다.

평소 꼴 보기 싫었던 사람들에게 죄다 앙갚음을 하고 가지고 싶은 물건들을 차지할 수 있도록 세상이 뒤집어지는 것, 아Q에게 '혁명'이란 그런 것이다. 아Q의 '혁명관' 그리고 그가 혁명 투신을 결의하는 전후 사정은, 혁명에 대한 보통 중국인들의 의식을 극단적으로 희화화해서 보여주고 있다.

혁명에 가담하기로 결심한 아Q는 어수선한 마을 분위기에 들떠 있으면서도 유유자적 느긋하다. 마을을 어슬렁거리다 예전에 집적거렸던 여승의 암자에 이른다. 그러나 이미 한

발 늦었음을 알게 된다. 세상이 바뀌었음을 알고 얼른 혁명파에 가담한 마을의 기회주의적 유력자들이 암자에 모셔둔 명나라 황제의 위패 등 유교적 전통 의례와 관련된 물건들을 '혁명적'으로 때려부수고 간 것이다.

혁명 2

다음날 아Q는 느지막하게 일어나서 거리에 나가 돌아보니 모든 것이 다 전과 같았다. 여전히 배가 고팠고 생각은 하고 있는데 아무것도 생각나지 않았다. 별안간 아이디어가 떠오른 듯 어슬렁어슬렁 걷기 시작했다. 그러다가 정신을 차리고 보니 어느덧 정수암에 와 있었다.

암자는 지난번 봄처럼 조용했고, 여전히 흰 벽에 새까만 문을 하고 있었다. 잠시 생각해보다 다가가 문을 두드리자 안에서 개가 짖었다. 아Q는 급히 기와 조각을 몇 개 주워 들고 다시 좀 더 힘껏 두드렸다. 검은 문짝에 곰보 자국이 잔뜩 생기고 나서야 문 따러 나오는 소리가 났다. 그는 얼른 기와 조각을 움켜쥐고 다리를 떡 버티고 서서 검정개와 싸울 준비를 했다. 그러나 암자 문만 빠끔히 열렸을 뿐 검정개는 뛰어나오지 않았다. 들여다보니 늙은 여승 한 사람밖에 없었다.

"자넨 또 뭐 하러 왔어?"

그녀는 크게 놀라며 물었다.

"이제 혁명이야…… 알아……?"

아Q는 우물거리듯 말했다.

"혁명, 혁명. 벌써 혁명했잖아……. 자네들이 우리를 어떻게 혁명한다는 거야?"

늙은 여승이 두 눈을 붉히며 말했다.

"뭐라구……?"

아Q는 어쩔 줄 몰랐다.

"모르는구먼, 그네들이 벌써 와서 혁명해버렸어!"

"누가……?"

아Q는 점점 당황했다.

"그놈의 수재하고 가짜 양놈!"

아Q는 너무나 뜻밖이라 자기도 모르게 아연실색하고 말았다. 늙은 여승은 그가 풀이 꺾인 것을 보고 얼른 문을 닫았고, 아Q가 다시 밀었을 때는 굳게 닫혀 열리지 않았다. 다시 두들겨도 대답이 없었다.

그러니까 이렇게 된 일이었다. 그날 오전, 짜오 수재는 소식이 빨라 혁명당이 이미 간밤에 성으로 들어왔다는 것을 알아내자마자 변발을 머리 위로 틀어 올리고 이제껏 친교가 없던 치엔 양놈을 아침 일찍 방문했다. 때는 '너도 나도 유신(維新)'의 시대였으므로 그들은 아주 이야기의 죽이 맞아 금방 의기투합했고 동지가 되어 혁명을 약속했다. 그들은 이리저리 생각을 거듭

한 끝에 결국 정수암에 "황제 만세 만만세"라고 씌어진 용무늬 위패가 있음을 생각해냈다. 그런 물건은 빨리 혁명해서 없애야 하는 것이라서 둘은 즉시 함께 암자로 혁명을 하러 갔다. 늙은 여승이 나와 가로막으며 몇 마디 말을 하자 그들은 그녀를 만주족 정부로 간주하고 지팡이와 주먹으로 머리를 흠씬 때려주었다. 그들이 돌아가고 나서 늙은 여승이 정신을 차려 살펴보니 용무늬 위패는 바닥에 산산조각 나 있었고 관음상 앞에 있던 선덕로(宣德爐: 명나라 선종황제 연호가 찍힌 향로-역주)도 보이지 않았다.

그런 사실을 아Q는 나중에야 안 것이다. 늦잠 잔 것을 후회했고 그들이 자기를 부르러 오지 않은 것을 심히 괘씸하게 여겼다. 한편 한 걸음 물러나 이런 생각도 해보았다.

'그 인간들, 내가 벌써 혁명당에 투항했다는 걸 모르나?'

제8장 혁명 불허

아Q, 혁명에 소외되다

신해혁명은 비교적 큰 저항 없이 많은 피를 흘리지 않고 일단 수습된다. 이미 청나라 황제와 조정의 권위가 실추된 상태였기 때문이다. 하지만 공화국이 무엇인지 이해하는 사람은 많지 않았다. 지방의 한족 관료나 토호들을 비롯해 대다수 중국인들은 만주족 왕조가 멸망하고 한족의 천하가 회복된 것이라고 이해할 뿐이다. 역사적으로 수없이 있어온 왕조 교체의 혼란기와 별 차이가 없다. 마을 사람들 모두가 불안해했고, 유력자일수록 어떻게 이 혼란기를 무사히 넘길 것인가 한층 전전긍긍했다. 아Q는 권세를 휘두르던 사람들이 불안해한다는 이유 하나만으로 혁명에 열광한다.

변발 문제

한편, 신해혁명을 전후해서 '변발(辮髮)'은 중대한 사회적 이슈였다. 우리나라 사람들에게 상투가 그러했듯이 변발은 자기 정체성 그 자체였고, 변발을 자른다는 것은 '오랑캐에 혼을 판' 혹은 '혁명당'의 상징이었다. 신해혁명은 지방의 기존 유력자들을 협력 세력으로 포섭하는 방향으로 이루어져 당장 눈에 띄는 정치적 변화는 없었지만 머리 모양에는 큰 변화가 있었다. 일부 열혈 혁명 당원들은 다른 사람들의 변발을 무턱대고 잘라버리는 것으로 혁명을 가시화하고자 했고, 완전히 잘라버렸다가 세상이 또 어떻게 뒤집힐지 불안한 대부분의 사람들은 변발을 자르지 않고 말아 올려 감추고 다녔다.

한 가지 재미있는 것은 사람들이 그토록 집착하는 변발이 본래는 이민족인 만주인의 고유 습속이었다는 점이다. 마지막 한족 왕조 명나라가 망하고 만주족의 지배하에서 변발을 강요당한 한족이 "신체발부수지부모(身體髮膚受之父母)" 등의 유교적 가르침을 내세우며 "목을 자를지언정 머리카락은 손댈 수 없다."며 저항하던 시절도 있었다. 그러나 만주족 왕조 청나라가 300년 가까이 지속되며 변발은 인구의 압도적 다수를 차지하는 한족에게도 어느덧 고유의 풍습으로 자리 잡는다. 따라서 신해혁명 이전에 변발을 자른다는 것은, 뚜렷한 신념이나 용기가 필요한 특단의 행동이었다. 단순히 편의를 위해서였다 하더라도 예외 없이 개화파의 상징, "오랑캐에게 혼을 판" 행동으로 받아들여졌기 때문이다. 루쉰도 일본 유학 시절 짧은 신식 머리를 하고 일시 귀국했다가 곤혹을 치른 적이 있다. 그때의 체험은 단편소설 「머리털 이야기」의 소재가 되었고, "(신해)혁명이 나고 그래도 좋았던 것은 머리 모양 때문에 피곤한 일이 적어져서"라고 훗날 회고할 정도였다. 우리나라 개화기에 '단발령'이 몰고 온 엄청난 사회적 파장을 떠올리면 이해하기 어렵지 않다.

혁명 불허 1

웨이쮸앙의 민심은 나날이 안정되어갔다. 전해지는 소식에 따르면 혁명당이 성으로 들어오기는 했지만 아직 무슨 큰 변화는 없다는 것이다. 현(縣)지사 나리도 그대로 있고 다만 이름을 뭐라고 바꾸었을 뿐이며, 거인 나리도 무슨 관직(웨이쮸앙 사람들

중 아무도 정확한 이름을 아는 자는 없었다)을 맡았고 군대를 지휘하는 파총(把總 : 청나라 최하급 무관-역주)도 여전히 그 자리 그대로였다. 단 한 가지 두려운 일은 못된 혁명당이 몇 명 섞여 소란을 피우더니, 이튿날부터 변발을 자르기 시작했다는 것이다. 들리는 말에 의하면, 이웃 마을 뱃사공 치찐[七斤]도 붙들려 사람 같지 않은 꼴이 되고 말았다고 한다. 그러나 크게 겁낼 일은 아니었다. 웨이쮸앙 사람들이야 원래 성내에 가는 일이 드물었고, 볼일이 있어도 안 가면 그만이니까. 아Q도 성내에 가서 옛 친구를 찾아볼 생각이었으나 그 소문을 듣고 계획을 취소했다.

웨이쮸앙에 변화가 없었다고는 할 수 없다. 며칠 뒤 변발을 머리 꼭대기로 틀어 올린 사람들이 점점 늘어났으니 말이다. 앞장선 것은 물론 짜오 수재이고, 다음은 짜오쓰쳔과 짜오빠이옌, 아Q는 그 다음이었다. 여름이라면 변발을 머리 꼭대기로 틀어 올리거나 묶거나 해도 별 진기한 일이라 할 수 없겠으나, 지금 같은 늦가을에 그런 '한겨울에 여름옷 입기' 식의 변발 틀어 올리기란 본인들에게는 일대 용단이 아닐 수 없었다. 웨이쮸앙도 이제 개혁과 무관하다고는 할 수 없는 것이다.

짜오쓰쳔이 머리 뒤통수를 시원하게 하고 걸어오면 사람들은 큰 소리로 떠들어댔다.

"와, 혁명당이다!"

아Q는 부러웠다. 짜오 수재가 변발을 틀어 올렸다는 빅뉴스야 벌써 알고 있었으나 자기도 그렇게 해도 된다는 생각은 미처 해보지 못했던 것이다. 지금 짜오쓰천이 그러고 있는 것을 보자 따라 해볼까 하는 생각이 났고 실행할 결심을 굳혔다. 그는 대나무 젓가락 한 짝으로 변발을 머리 위로 꼬아 올리고는, 망설이고 망설인 끝에 드디어 배짱을 내어 밖으로 나왔다. 그러나 사람들은 보기만 하고 아무 말이 없었다. 처음엔 불쾌한 생각이 들다가 나중에는 울분이 났다. 요즘 들어 아Q는 쉽게 화를 냈다. 실제 반역을 하기 이전보다 생활이 괴로워진 것도 없는데 말이다. 사람들도 그에게 한 수 져주고 가게에선 현금 아니면 안 판다는 말도 하지 않았다. 그러나 아Q는 계속 자기가 너무 실의에 빠져 있다는 생각이 들었다. 혁명을 한 이상, 이 정도 가지고는 안 되는데 말이다. 거기다 한 번은 샤오D를 만나 신경질보가 터지고 말았다. 샤오D 녀석도 변발을 머리 위로 틀어 올리고 있었던 것이다. 그것도 대나무 젓가락으로 말이다. 샤오D까지 감히 따라 할 줄 아Q는 생각도 못했다. 이 녀석이 이런 짓을 하게 놓아둘 수 없었다. 샤오D, 제 깐 녀석이 뭔데! 아Q는 당장 그를 붙들어서는 대나무 젓가락을 부러뜨려 변발을 내리고 따귀를 몇 대 때려주고픈 생각이 간절했다. 제 분수를 모르고 혁명당이 되려 한 죗값으로 말이다. 그러나 결국 용서해주기로 했다. 그냥 눈을 부릅뜨고 째려보다가 "퉷!" 하고 침을 뱉는 정도에서 그쳤다.

혁명이 기정사실화되자, 어떻게든 혁명당에 줄을 대려는 사람들이 늘어난다. 마을의 유력자들은 인맥과 돈으로 혁명파에 가담하려 들고 이런 형국이 아Q는 심히 불쾌했다. 혁명에 가담하려고 결심한 것은 난데 왜 저자들이 혁명파 주변에서 얼씬댄단 말인가!

혁명 불허 2

요 며칠 성내에 간 것은 가짜 양놈 한 사람뿐이었다. 짜오 수재도 상자를 맡아준 인연을 빌미로 직접 거인 나리의 저택에 인사를 갈 작정이었으나 변발을 잘릴 위험이 있어서 그만두었다. 그는 대단히 격식 차린 편지를 한 통 써서는 가짜 양놈 편에 성내로 보내면서 자기를 자유당(自由黨)에 들어가도록 소개해 달라고 부탁했다. 가짜 양놈은 돌아와 은화 4원을 갚으라고 했고, 수재는 그 거금을 내고 복숭아 모양의 은 배지를 하나 가슴에 달고 다녔다. 마을 사람들은 대단한 것이라고 놀라며 이 스유당[柿油黨][19] 휘장이 한림(翰林)[20]에 필적하는 거라며 수군거렸다. 짜오 나리도 별안간 으스대는 폼이 전에 자기 아들이 수재에 합격했을 때와는 비교도 안 될 정도로 눈에 보이는 게 없어, 아Q를 봐도 안중에 없었다.

아Q는 신경질이 났고 점점 자기 신세가 한심해지는 느낌이 들었다. 그 은색 복숭아 배지 소문을 듣자 자기 신세가 왜 한심해졌는지 문득 이유를 알 것 같았다. 혁명을 하려면 항복했다고 말만 하는 것으로는 안 되고, 변발을 틀어올리는 것 가지고도 안 되고, 우선 혁명당에 줄을 대야 하는 것이다. 그가 전부터 알고 있던 혁명당은 두 사람밖에 없지만 성내의 한 명은 벌써 옛날에 '싹둑' 목이 잘렸고 지금은 가짜 양놈뿐이었다. 가짜 양놈에게 상의하는 수밖에 달리 도리가 없었다.

치엔 씨 댁 대문이 마침 열려 있었고 아Q는 쭈뼛거리며 안으로 들어갔다. 그러고는 깜짝 놀랐다. 마당 한가운데 가짜 양놈이 서 있었다. 전신이 시커먼 것이 아마 저게 양복이라는 거구나 싶었다. 가슴엔 복숭아 은 배지가 달려 있고 손에는 아Q가 얻어맞은 적이 있는 지팡이를 들고 있었다. 한 자는 되는 변발을 완전히 풀어헤쳐 어깨에서 등으로 늘어뜨려 산발한 신선 같았다. 그 앞에 짜오빠이옌과 건달들 세 명이 서서 황공한 듯이 얘기를 듣고 있었다.

아Q도 살짝 다가가 뒤에 붙어 섰다. 말을 붙이고 싶었지만 뭐라고 불러야 할지 알 수가 없었다. '가짜 양놈' 이라 할 수는 없고 '외국사람' 이라고 하기도 어색하고 '혁명당' 이라 부르는 것도 어색했다. '양(洋) 선생' 이라고 불러야 하나? 양 선생은 아Q를 보지 못했다. 눈을 허옇게 뜨고 연설에 열중해 있는 중이었기 때문이다.

"나는 성질이 급하거든. 그래서 만나면 내가 맨날 그랬지. '홍꺼

[洪哥]![21] 우리 시작합시다!' 그럼 그는 꼭 'No!' 그러더란 말이야. 이건 외국어라 자네들은 모르겠지. 그렇잖으면 틀림없이 벌써 성공했을 텐데. 하지만 이건 그가 일을 꼼꼼하게 한다는 뜻이기도 해. 몇 번이나 내게 후뻬이[湖北]성 쪽으로 나오라고 하는데, 내가 아직 승낙을 안 하고 있지. 그런 조그만 바닥에서 누가 일을 하고 싶겠냐고……."

"어…… 저기……."

아Q는 가짜 양놈의 말이 잠시 끊어진 사이에 있는 대로 용기를 내어 입을 열었다. 어찌된 일인지는 모르지만, 그를 '양 선생' 이라고 부르지는 못했다. 연설을 듣고 있던 네 사람은 깜짝 놀라 그를 돌아보았다. 가짜 양놈, 즉 양(洋) 선생도 이윽고 눈길을 주었다.

"뭐야?"

"제가……"

"나가!"

"제가 항복을 하려고……."

"꺼져."

양 선생은 지팡이를 휘둘렀고 짜오빠이옌과 건달들도 소리쳤다.

"선생님이 꺼지라잖아, 안 들려?"

아Q는 손으로 머리를 감싸고 자기도 모르게 문밖으로 도망쳐 나왔지만, 양 선생이 쫓아오지는 않았다. 그는 60보가량 도망치

다가 겨우 걸음을 늦추었다. 서글픈 기분이 들었다. 양(洋) 선생이 자기에게 혁명을 허락하지 않는다면 달리 방도가 없다. 자기가 가지고 있던 포부, 목표, 희망, 미래가 모두 고스란히 끝장이었다. 건달들이 소문을 내고 다닌다거나 샤오D나 왕털보 같은 떼거리들에게 웃음거리가 되는 것은 오히려 그 다음 문제였다. 지금껏 이런 시시한 꼴은 처음인 것 같은 느낌이 들었고, 자기가 변발을 틀어 올린 일도 무의미하고 한심한 일로 생각되었다. 분풀이로 변발을 다시 늘어뜨릴까 했으나 실행에 옮기지는 않았다. 밤늦게까지 어슬렁어슬렁 돌아다니며 외상술을 두 잔 마시자 기분이 점점 좋아졌다. 머리 속에 다시 흰 투구 흰 갑옷 생각이 드문드문 떠올랐다.

아Q, 혁명당에 배신당하다

이와 같은 혁명의 어수선함 속에서 드디어 웨이쮸앙 최대의 유력자 짜오 나리 댁이 대대적으로 털리는 사건이 일어난다. 이 도난 사건을 혁명이라고 생각하는 아Q는, 그들이 자기를 부르러 오지 않았다는 사실에 경악한다. 혁명당이 나를 빼놓다니! 아Q는 분하고 이해가 되지 않았다.

혁명 불허 3

어느 날 그는 늘 하던 대로 밤늦게까지 빈둥거리다가 술집이 문을 닫을 때가 되어서야 사당으로 돌아왔다. 갑자기 이상한 소리가 들렸다.

"팍, 빠……."

폭죽 소리도 아니었다. 원래 시끄러운 일에 구경하고 참견하길 좋아하는 아Q인지라, 바로 어디야 어디 하며 어둠 속으로 쫓아나갔다. 앞에서 발소리가 나는 것 같아 막 귀를 기울이는데, 갑자기 한 사람이 맞은 편에서 도망쳐왔다. 아Q는 그걸 보고 급히 몸을 돌려 뒤쫓아 도망을 갔다. 그 자가 모퉁이를 돌면 아Q도 돌고, 그 자가 멈춰서면 같이 멈춰섰다. 아Q가 뒤를 보니 아무도 없었고, 알고보니 샤오D였다.

"뭐야?"

아Q는 화가 났다.

"쨔오, 쨔오 씨 댁이 털렸어!"

샤오D가 숨을 헐떡이며 하는 소리를 듣고 아Q는 가슴이 두근두근했다. 샤오D는 그렇게 말하고 달아나 버렸지만 아Q는 도망가다 멈추고 도망가다 멈추고를 두세 번 반복했다. 과연 그는 '이런 장사'를 해본 적이 있는 사람인지라 상당히 간이 컸다. 그래서 살금살금 길모퉁이를 빠져나와 가만히 귀를 기울였다. 뭔가 웅성웅성하는 것 같았다. 자세히 살펴보니 흰 투구와 흰 갑옷을 입은 남자가 줄줄이 상자와 가재도구를 지고 나오는 것이었다. 수재마누라의 고급 침대도 들려 나왔다. 잘 안 보여서 좀 더 가까이 가보려고 했지만 다리가 움직여지질 않았다.

달도 없는 어둠 속에 잠든 웨이쯔앙은 먼 옛날 복희황제[22] 시절처럼 태평했다. 아Q는 서서 싫증이 날 만치 보고 있었지만, 그들은 아직도 왔다 갔다 하면서, 상자며 가재도구며 수재 마누라의 닝뽀침대며, 자기 눈이 좀 의심스러울 정도로 들어내고 있는 것 같았다. 아Q는 더 이상 접근하지 않기로 하고 사당으로 돌아갔다.

사당은 더 깜깜했다. 아Q는 문을 잠그고 드러누워 겨우 진정이 되자 비로소 자기 문제로 머리가 돌아가기 시작했다. 흰 투구와 흰 갑옷을 입은 사람들이 분명 왔는데 자기를 부르러 오지 않은 것이다. 값진 물건들을 꽤나 들어냈지만 내 몫은 없는 셈이다. 정말이지 가증스러운 가짜 양놈 탓이다. 녀석이 내게 모반을 못하게 했기 때문이다. 그렇지 않으면 내 몫이 없을 리 있겠는가. 아Q는 생각하면 할수록 화가 나서 나중엔 속이 뒤집힐 지경이 되어 고개를 끄덕이며 말했다.

"난 반역하면 안 되고 너만 하냐. 제기랄 가짜 양놈, 이 새끼……, 좋다, 니가 반역을 한다 그거지. 반역은 참수형이야. 내가 가서 고발한다, 니가 현청에 잡혀가서 목이 잘리는 걸 보겠다 그거야. …….. 일족이 죄다 사형이다……. 싹둑! 싹둑!"

아Q는 흥분해마지 않는다. 자기도 모르는 사이에 짜오 씨 댁을 터는 '거사'가 일어난 것이 아Q는 억울해서 견딜 수가 없었다. 아Q에게는 기존의 유력자들에게 본때를 보이는 것이 '반역'이고, 그것이 곧 '혁명'이었던 것이다. 한편 아Q가 혁명적 거사라고 생각한 사건은, 혼란기를 틈타 혁명군을 빙자하며 기존 유력자들의 저택을 조직적으로 약탈하는 무리들의 소행이었다. "흰 투구와 흰 갑옷"은 청나라가 멸망시킨 명나라 마지막 황제를 조상(弔喪)한다는 의미의 복장이다.

제9장 대단원

체포된 아Q

웨이쮸앙 최대의 권세가인 짜오 나리 댁이 약탈을 당한 직후, 마을을 접수한 혁명군에 의해 아Q는 영문도 모르고 체포된다. 도난 사건에 연루된 혐의였다. 아Q는 죄를 뒤집어씌우기 가장 만만한 존재일 뿐 아니라, 성내에 나가 있는 동안 실제 도난 사건에 가담했다가 손에 넣은 장물들을 가지고 마을로 돌아와 그 사실을 떠벌린 적이 있기 때문에 혐의는 충분했다.

아Q가 혁명군에게 체포되어 재판을 받고 결국 형장의 이슬로 사라지기까지가 "대단원"의 내용이다. 우선 신해혁명의 이상과 현실이 얼마나 극단적으로 괴리되어 있었는가를 희극적으로 보여준다. 아Q는 자신이 체포된 이유를 모르고 있을뿐더러 마지막 순간까지 사형당한다는 엄청난 사실에 억울함도 절박함도 느끼지 못한다. 그야말로 블랙코미디 같은 이 희화적인 상황의 묘사에는, 그러나 차마 웃을 수 없는 어두움과 비애가 서려 있다.

대단원 1

짜오 씨 댁이 약탈당하자 웨이쭈앙 사람들은 대부분 속 시원해하면서도 무서워했다. 아Q도 마찬가지였다. 그러나 나흘 후 아Q는 한밤중에 갑자기 붙들려 현청으로 끌려가게 된다. 한 무리의 군인과 자위대원, 한 무리의 경관, 그리고 밀정(密偵) 다섯 명이 살짝 웨이쭈앙에 도착해서 밤을 틈타 사당을 포위하고 입구 정면에 기관총을 장치했다. 하지만 아Q는 뛰쳐나오지 않았다. 한참 동안 아무런 기척이 없자 조바심이 난 파총이 상금 2만을 걸었다. 그러자 겨우 자위대원 두 사람이 위험을 무릅쓰고 담을 넘어 안에 들어가서, 안팎이 협력하여 한꺼번에 몰려 들어가 아Q를 끌고 나왔다. 바깥의 기관총 있는 데까지 끌려 나와서야 아Q는 겨우 잠이 깼다.

성내에 도착하자 이미 점심때였다. 아Q는 어느 낡은 관청에 끌려왔음을 알았다. 대여섯 번 모서리를 돌아 작은 방에 처넣어지고, 비틀거리는 순간 굵은 통나무 창살이 닫혔다. 나머지 삼면은 모두 벽이고, 잘 보니 구석에 두 사람이 더 있었다.

아Q는 약간 불안했지만 고통스럽지는 않았다. 사당에 있는 자기 침실도 이 방보다 더 낫지는 않았기 때문이다. 그 두 사람도 시골 사람인 것 같았는데, 차츰 그와 어울리게 되었다. 한 사람은 자기 할아버지가 모아둔 옛날 소작료 때문에 거인 나리에게 고소당한 거라 했고, 또 한 사람은 뭐 때문에 잡혀왔는지 모른다고 했다. 그들이 아Q에게 잡혀온 이유를 묻자, 그는 분명한 말투로 대답했다.

"난 반역을 하려고 했거든."

오후가 되자 그는 감옥에서 넓은 대청으로 끌려 나왔다. 윗자리에 머리를 빡빡 깎은 노인네가 앉아 있었다. 아Q는 중인가 생각했으나, 보니 밑에는 병사들이 한 줄로 서 있고 양쪽에도 긴 옷을 입은 인물들이 10여 명 서 있다. 이 노인네같이 머리를 밀어낸 사람도 있고, 저 가짜 양놈처럼 한 자는 되는 머리를 뒤로 풀어헤친 인간도 있었다. 하나같이 험악한 인상의 남자들이었고 아Q를 노려보고 있었다. 다들 필시 뭔가 까닭이 있을거라는 생각이 들자, 무릎 관절에 자연 힘이 빠져 꿇어앉고 말았다.

"선 채로 말하라. 꿇어앉지 마!"

장삼을 입은 사람이 호통을 쳤다.

아Q는 알아들은 것 같기는 했지만 도무지 서 있을 수 없는 느낌이 드는 데다 몸이 저절로 주저앉아, 결국 그대로 무릎을 꿇은 자세가 되고 말았다.

"노예근성……."

장삼의 인물이 또 경멸하듯 말했지만 일어서라고는 하지 않았다.

"있는 대로 다 자백하라, 혼이 나기 전에. 벌써 다 알고 있다. 자백하면 풀어줄 수도 있어."

그 대머리 노인네는 아Q의 얼굴을 물끄러미 보더니 차분한 어조로 확실하게 말했다.

"자백해!"

장삼의 남자도 큰 소리로 외쳤다.

"저는 원래…… 투항하려고……."

아Q는 얼떨떨한 상태로 생각하다가 겨우 더듬더듬 대답했다.

"그럼 왜 안 나타났나?"

노인네가 부드럽게 물었다.

"가짜 양놈이 못하게 해서……."

"허튼소리! 이젠 말해봐야 늦었다. 지금 네 일당은 어디 있느냐?"

"뭐요?"

"그날 밤 쨔오 씨 댁을 턴 놈들 말이다."

"놈들이 날 부르러 오지 않았어요. 자기들끼리 다 가져갔어."

아Q는 이 얘기가 나오자 화가 났다.

"어디로 도망갔나? 말하면 풀어주지."

노인네는 더욱 부드러워졌다.

"내가 아나…… 놈들, 날 부르러 오지 않았다니까요……."

그러나 노인네가 한 번 눈짓을 하자 아Q는 다시 창살문 안으로 끌려 들어갔다. 다시 끌려 나온 건 다음 날 오전이었다.

큰 대청의 모습은 어제와 마찬가지였다. 윗자리에는 여전히 머리를 박박 밀어낸 노인네가 앉아 있었고, 아Q도 어제처럼 꿇어앉았다.

짜오 나리 댁 도난 사건의 혐의를 고스란히 뒤집어쓴 아Q에게 사형이 언도된다. 물론 아Q 자신은 혁명에 가담하려다가 붙잡힌 거라고 착각하고 있다. 게다가 혁명군 우두머리로 보이는 인물과 아Q는 서로 전혀 핀트가 안 맞는 대화를 주고받으면서 아무도 그 사실을 눈치 못 채고 있는 것도 지극히 희극적이다.

이윽고 사형수에게 마지막 서명을 하게 하는 순간이 다가왔다. 생애 최후의 필적을 남기는 순간으로, 유언을 대신해 시구(詩句)를 남길 수도 있는데, 아Q는 혼비백산한다. 그는 문맹이었고 붓을 잡아보는 것도 난생 처음이기 때문이다. 어쩔 줄 몰라 하다가 결국 '동그라미 하나'를 그린다. 그 순간 아Q의 유일한 애석함은, 긴장한 나머지 동그라미가 동그랗게 안 그려졌다는 사실이었다.

대단원 2

노인네가 부드럽게 무슨 할 말이 있는가 물었다. 아Q는 잠시 생각해봤지만 아무것도 없어서 없다고 대답했다. 그러자 장삼을 입은 사람이 종이 한 장을 꺼내 붓 한 자루와 함께 아Q 앞에 가지고 와서 붓을 아Q 손에 쥐어주려 했다. 아Q는 너무 놀라 거의 혼비백산할 지경이었다. 왜냐하면 그가 붓을 손에 잡아본 것은 이번이 처음이었기 때문이다. 어떻게 잡아야 할지 몰라 하고 있는데 그 사람이 한 군데를 가리키며 서명을 하라고 했다.

문맹의 아Q가 서명대신 동그라미를 그리는 장면.

"저…… 저는…… 글자를 모르는데……."

아Q는 붓을 덥석 쥐더니 허둥대고 민망해하며 말했다.

"그럼 너 편한대로, 동그라미나 하나 그려!"

아Q는 동그라미를 그리려 했으나 붓을 잡은 손이 떨리기만 했다. 그러자 그 사람이 종이를 바닥에 펴주었다. 아Q는 엎드려 젖먹던 힘까지 다해 동그라미를 그렸다. 그는 남들에게 웃음거리가 될까봐 동그랗게 그리려고 애를 썼지만 그 몹쓸 붓은 무겁기도 하거니와 도무지 말을 듣지 않았다. 부들부들 떨며 막 동그라미를 완성하려는 순간 바깥쪽으로 삐쳐나가 호박씨 모양이 되고 말았다. 아Q가 동그랗게 못 그린 것을 부끄러워하고 있는데 그 사람은 아무렇지도 않은 듯 냉큼 가져가 버렸고, 몇 명이 또 아Q를 다시 감옥에 처넣었다. 두 번째로 감옥에 갇힌 것이다. 그래도 아Q는 걱정하지 않았다. 살다 보면 때론 끌려오기도 하고 끌려 나가기도 하고 때론 종이 위에 동그라미를 그릴 때도 있는 법이다. 그저 동그라미를 동그랗게 그리지 못한 것 하나가 자기 인생사에 오점으로 남는다는 생각이 들었다. 그러나 그것도 얼마 안 있어 곧 개운해졌다. 손자 대가 되면 동그랗게 그릴 수 있을 거라고 생각하며 잠이 들었다.

한편, 혁명군 진주 후 기존의 유력자들은 어떻게 되었을까?

그러나 그날 거인 나리는 밤새 잠을 못 잤다. 거인 나리는 도난당한 물건의 행방을 수색하는 것이 먼저라고 주장했고, 파총은 공개 처형이 먼저라는 주장이었다. 그는 최근 거인 나리를 대단찮게 생각하게 되었으므로 탁자를 내리치고 걸상을 걷어차면서 말했다.

"일벌백계라고요? 아시겠습니까? 내가 혁명당이 된 지 스무 날도 안 됐는데 약탈 사건이 열 건이 넘고 전부 미결이라니 내 얼굴이 어떻게 되겠습니까? 기껏 해결해놓으면 또 이러쿵저러쿵

말들이 많고. 안 됩니다! 이건 내 권한이에요."

거인 나리는 초조해하면서도 물건을 찾아주지 않으면 민정 협조 업무를 사임하겠다고 고집을 피웠다. 그러나 파총의 대답은 "마음대로 하십시오!" 였다. 거인 나리는 그날 밤 끝내 잠을 이루지 못했다. 그래도 다음 날 정말 사임하지는 않았다.

아Q가 세 번째로 끌려 나왔을 때는 거인 나리가 잠을 못 이룬 다음 날 오전이었다.

"무슨 할 말이 더 있나?"

노인네가 아주 부드럽게 물었다. 아Q는 잠시 생각해봤지만 할 말이 없어서 없다고 대답했다. 장삼을 입은 사람들과 단삼을 입은 사람들 여럿이 갑자기 그에게 흰 면으로 된 조끼를 입혔다. 검은 글자들이 씌어져 있는 것이 꼭 상복 같아서 , 그리고 그건 재수없는 일이라서 아Q는 아주 기분이 나빴다. 동시에 그는 두 손을 뒤로 묶여 곧장 건물 밖으로 끌려 나갔다.

형장으로 가는 아Q, 그리고 사형 집행

슬픔도 억울함도 영문도 모른 채 사형을 당하게 된 아Q는 곧장 형장으로 끌려가지 않고 먼저 조리돌림을 당한다. 그것을 구경하는 군중의 모습 역시 지극히 아Q적임을 느낄 수 있다. 그 장면을 보자.

대단원 3

아Q는 뚜껑 없는 수레에 태워졌고, 편한 옷을 입은 사람도 몇 명 같이 탔다. 수레는 즉시 출발했다. 앞에는 총을 멘 군인들과 자위대원들이 늘어서 있었다. 양쪽엔 멍하니 입을 벌리고 있는 구경꾼들이었고, 뒤쪽은 어떤지 보질 못했다. 아Q는 퍼뜩 정신이 들었다. 이건 목을 치러 가는 길이 아닌가! 마음이 다급해지자 그는 눈앞이 침침해지고 귀가 멍멍해지며 혼이 빠지는 것 같았다. 그러나 완전히 정신을 잃지는 않아서 안절부절못하기도 했지만 때로는 태연해지기도 했다. 그러면서, 사람이 세상에 나서 때로는 목을 잘리게도 되는 법인가 보다 하는 생각도 들었다.

그나저나 그는 길을 알아보았고, 그래서 좀 의아했다. 왜 형장으로 가지 않는 거지? 그것이 조리돌림인 줄 그는 몰랐다. 설사 알았다 해도 그는 살다 보면 조리돌림을 당하게 되기도 하는가 보다 생각했을 것이다.

아Q는 깨달았다. 그것은 형장까지 둘러가는 길이었고 분명 '싹둑' 목이 잘릴 것이다. 그는 기가 죽어 좌우를 둘러보니 온통 개미 떼처럼 사람들이 따라오고 있었는데, 길옆 사람들 속에서 뜻밖에도 우마를 발견했다. 오랜만이었다. 그녀는 성내에서 일하고 있었던 것이다. 아Q는 갑자기 기개 없는 스스로가 부끄러워졌다. 이런 때 창도 몇 마디 못하다니. 그의 머릿속에는 회오리바람처럼 생각들이 소용돌이쳤다.

"「젊은 과부 성묘 가네」는 씩씩한 맛이 없고, 「용과 호랑이의 싸움」에 나오는 '……하지 말 것을' 도 너무 힘이 없어. 역시 「내 손이 쇠 채찍을 들어 너를 치노라」로 해야겠다."

하지만 그는 손을 치켜들려고 하다가 손이 묶여 있다는 것을 깨닫고는 그 노래도 포기했다.

"20년 뒤에 다시 태어나……."

아Q는 그 경황없는 중에 '스승 없이 스스로 통달'하는 식으로 지금껏 한 번도 입에 담아본 적이 없는 문구가 튀어나왔다.

"좋고!!!"

구경꾼들 속에서 이리의 울부짖음 같은 소리가 났다.

수레는 쉬지 않고 앞으로 나아갔고, 아Q는 환호 갈채 속에서 눈동자를 굴려 우마를 쳐다보았으나 그녀는 오직 군인들이 멘 총을 넋 놓고 바라보고 있을 뿐이었다.

아Q는 박수치며 떠드는 사람들을 다시 보았다. 그 순간 머릿속에서 생각들이 다시 소용돌이쳤다. 4년 전 산기슭에서 굶주린 이리를 한 마리 만난 적이 있었다. 그 이리는 가까이 다가오지도 멀리 떨어지지도 않고 끝끝내 그의 뒤를 따라오며 잡아먹으려 했다. 아Q는 무서워 죽을 지경이었지만 다행히 손에 도끼 한 자루가 있어 그것을 믿고 배짱으로 웨이쮸앙까지 돌아올 수 있었다. 그러나 그 이리의 눈이 영원히 그의 기억에 남았다. 흉악하면서도 겁에 질린 그 눈은, 두 개의 도깨비불처럼 빛나면서 멀리서 그의 살가죽을 꿰뚫어보는 것 같았다. 그런데 지금 그는 본 적이 없는 더 무서운 눈동자들을 다시 보게 되었다. 둔하면서도 예리한 그 눈빛들은 그의 이야기를 벌써 씹어 먹었을 뿐만 아니라, 그의 살과 살갗 이외의 것까지 씹어 먹으려고 영원히 멀지도 가깝지도 않은 거리를 두고 그를 쫓아오는 것이었다. 그 눈들이 하나가 되는 듯하더니 그의 영혼을 물어뜯었다.

"사람 살려!"

하지만 아Q는 소리를 내지 못했다. 눈이 캄캄하고 귀는 멍하고 온몸이 먼지처럼 흩어지는 느낌이었다.

아Q는 마지막 순간 난생처음 공포를 맛본다. 조리돌림을 보러 나온 구경꾼들의 눈에서 언젠가 산기슭에서 만난 굶주린 이리의 흉악한 눈동자를 떠올린 것이다. '공포'란 지극히 인간다운, 즉 현실을 직시한 인간만이 느낄 수 있는 감각이다. 인간다운 인간으로 거듭나지 못한 중국인의 전형, 아Q가 처음 겪는 일순의 인간 체험이었는지도 모른다. 『중국의 붉은 별』의 작자이자 미국의 저명한 저널리스트인 에드가 스노우(Edgar Snow, 1905~1972)에 의하면, 프랑스의 문호 로맹 롤랑(Romain Rolland, 1866~1944)도 이런 아Q의 운명에 눈물을 흘렸다고 한다.

후일담

이어 작품의 마지막 장 "대단원"은 '아Q 사형 사건' 이후 웨이쮸앙과 성내 사람들의 후일담을 전하는 에필로그로 마무리된다. 담담한 기술 속에 아Q 스토리의 비극적 희극성, 희극적 비극성이 기묘하게 어우러진다.

대단원 4

당시 가장 충격을 받은 사람은 거인나리였다. 도둑맞은 물건들을 끝내 찾지 못해 온 집안이 울고불고 했기 때문이다. 그 다음은 짜오씨댁인데, 수재가 성내에 신고하러 갔다가 못된 혁명당에게 붙들려 변발을 당했고, 거기다 아Q 체포 당시의 현상금 2만도 부담하게 되었기 때문에 온 집안이 울고불고 했다. 그날 이후 이들은 점점 멸망한 왕조의 유신(遺臣) 같은 분위기를 풍기게 되었다.

여론으로 치자면, 웨이쮸앙에는 아무도 딴소리하는 사람이 없었다. 모두들 아Q가 나쁘다고 했다. 총살되었다는 것이 그 증거라는 것이다. 나쁘지 않다면 총살당할 리가 없지 않겠는가 말이다. 성내의 여론도 썩 좋지 못했다. 성내 사람들 대부분이 불만이었다. 총살은 참수만큼 볼 게 없다는 것이다. 게다가 그렇게 한참이나 조리돌림을 하는 동안 창도 한 곡조 못 뽑다니 얼마나 웃기는 사형수란 말인가. 괜히 따라 돌아다니느라 헛수고만 한

거라고들 했다.

아Q의 사형은 전통적 참수(斬首)가 아니라 총살로 이루어졌다. 총이라는 첨단의 무기가 사용되었을 뿐, 처형에 이르는 일련의 과정이나 주민들의 반응에서 중화민국의 현주소가 여실히 드러난다. 국민이 없는 이름뿐인 근대국가 중화민국의 패러디, 한 편의 블랙코미디라 할 만한 '아Q의 이야기'는 이렇게 막을 내린다.

그러나 그것은 새로운 드라마의 시작이기도 했다. 근대국가와 근대적 국민의 이상상(理想像)을 역설적인 방식으로 상상하게 만듦으로서 독자들에게 시대의 과제를 절실하게 자각하게 하는 계기를 제공했기 때문이다. 그렇게 「아Q정전」의 출현은 중국의 근대 지식인 및 그 후보군에게 기념할 만한 사건으로 자리매김하게 되는 것이다.

3 관련서 및 연보

중국의 근대작가 가운데 루쉰은 세계적으로 가장 많이 연구되어온 존재이다. 본고장 중국은 물론 일본, 한국의 루쉰 연구서 및 관련서는 방대한 양에 이른다. 특히 일본의 연구는 그 양과 질적인 면에서 주목할 만하다. 인터넷 등을 통해 쉽게 얻을 수 있는 한·중·일의 대중적 관련서의 정보는 제외하고, 이들 다양한 연구서 관련 도서를 가능하게 한 기초 공구서 위주로 열거해둔다(왼편의 사진은 세계 각국어로 번역된 「아Q정전」 표지 사진이다).

루쉰 관련서

루쉰 작품 번역

『魯迅文集』(타께우찌 요시미[竹內好] 역주, 한무희 역, 일월서각, 1987)

『루쉰소설전집』(김시준 역, 서울대학교출판부, 1996)

『아Q정전』(전형준 역, 창작과비평, 1996)

『투창과 비수』(유세종 외 역, 솔, 1997)

『달로 달아난 항아』(차경섭 역, 대인교육, 1999)

『아침 꽃을 저녁에 줍다』(이욱연 역, 예문, 2003)

『희망은 길이다』(이욱연 역, 예문, 2003)

『페어플레이는 아직 이르다』(취츄바이 편, 루쉰읽기모음 역, 케이

시, 2003)

『무덤(노신선집 1)』(홍석표 역, 선학사, 2003)

『한문학사강요(노신선집 2)』(홍석표 역, 선학사, 2003)

『노신선집 1~4』(노신문학회 편역, 여강출판사, 2003~2004)

『루쉰의 편지』(임지영 역, 이룸, 2004)

『아Q정전』(중한대역, 한국중국현대문학학회 기획, 이주노 편역, 다락원, 2004)

『아Q정전』(우인호 역, 신원문화사, 2005)

『화개집: 화개집 속편』(홍석표 역, 선학사, 2005)

『아Q정전 · 광인일기』(정석원 역, 문예출판사, 2006)

연구서

『魯迅評傳』(마루야마 노보루[丸山昇], 한무희 역, 일월서각, 1982)

『캐테 콜비츠와 노신』(정하은, 열화당, 1986)

『100년간의 중국문학』(후지이 쇼오조[藤井省三], 김양수 역, 토마토, 1995)

『루쉰』(전형준, 문학과지성사, 1997)

『민족혼으로 살다』(전인초 외, 학고재, 1999)

『자유인 루쉰』(박홍규, 우물이 있는 집, 2002)

『루쉰전』(왕스징, 신윤복 외 역, 다섯수레, 2003)

『루쉰』(타케우찌 요시미[竹內好], 서광덕 역, 문학과지성사, 2003)
『루쉰 잡문 예술의 세계』(우엔량쥔, 구문규 역, 학고방, 2003)
「한국근대정신사 속의 魯迅」(『중국현대문학』 제30호, 임명신, 2004)
『루쉰, 욕을 하다』(팡이앙뚱, 정성철 역, 시니북스, 2004)
『노신의 마지막 10년』(임현치, 김태성 역, 한얼미디어, 2004)
『루쉰과 저우쭈어런』(쑨위, 김영문 외 역, 소명, 2005)

루쉰 전집

『魯迅全集』 全15卷, 人民出版社, 1981, 北京.
『魯迅全集』 全20卷, 學習硏究社, 1984~1986, 東京.

루쉰 연보

1881년

9월 25일 중국의 동남부 저장성[浙江省] 샤오싱현[紹興縣]에서 출생한다. 본명은 쩌우슈런[周樹人], 어릴 적 이름은 짱서우[樟壽]이다.

1896년

아버지가 세상을 떠난다.

1898년

5월 난징[南京]의 강남수사학당(江南水師學堂)에 입학한다.

1900년

난징의 강남육사학당(江南陸師學堂) 부설 광무철로학당(鑛務鐵路學堂)에 입학한다.

1902년

4월 국비 유학생으로 일본에 간다. 중국 유학생 예비학교인 토오꾜의 코오붕학원[弘文學院]에서 일본어를 습득한다.

1903년

쥘베른의 과학소설 『달나라 여행』 『지하 여행』을 번역하고, 유학생 잡지 『절강조(浙江潮)』에 기고한다. 「스파르타의 혼」을 번역하고, 과학 논문 「라듐에 대하여」 「중국지질약론」을 발표한다.

1904년

8월 센다이[仙臺]의학전문학교에 입학한다.

1906년

3월 센다이의전을 중퇴한다. 6월에 일시 귀국하여 어머니의 권유로 쮸안[朱安]과 결혼하고 다시 도일한다.

1907년

「마라시력설(摩羅詩力說)」(악마파 시의 힘), 「문화편지론(文化偏至論)」(문화편향론) 등 평론을 집필한다.

1908년

유학생 잡지 『하남(河南)』에 「마라시력설(摩羅詩力說)」, 「문화편지론(文化偏至論)」을 발표한다.

1909년

러시아 및 동유럽의 소설을 번역하여 『역외소설집』 두 권을 출간한다. 8월에 귀국하여 항쩌우[杭州]의 절강양급사범학당(浙江兩級師範學堂) 교사로 부임하여, 화학과 생리학을 가르친다.

1910년

8월 샤오싱부중학교[紹興府中學校] 교감으로 취임한다.

1911년

산회초급사범학교(山會初級師範學校) 교장으로 취임한다. 한문소설 「회구(懷舊)」를 집필한다. 10월에 신해혁명으로 청나라가 멸망하고 중화민국이 성립된다.

1912년

2월 난징에 수립된 정부의 교육부 직원으로 취임한다. 5월 뻬이징[北京]으로 정부가 이전하자 뻬이징으로 이주한다.

1913년

「회구(懷舊)」를 발표한다.

1918년

5월 단편 「광인일기」를 '루쉰' 이라는 필명으로 『신청년』에 발표한다.

1919년

단편 「쿵이지[孔乙己]」 「약(藥)」을 발표한다.

1920년

단편 「내일[明日]」 「작은 사건[一件小事]」 「머리털 이야기[頭髮的故事]」 「풍파(風波)」를 발표한다. 가을학기부터 뻬이징대학과 뻬이징사범대학에 출강한다.

1921년

단편「고향(故鄕)」을 발표한다. 12월 4일 중편소설「아Q정전」의 연재를 시작하여 이듬해 2월 2일에 마친다.

1922년

5월 러시아 맹인 작가 에로센코의 동화집 일본어 번역본을 중역 출간한다. 단편「단오절(端午節)」「흰빛[白光]」「토끼와 고양이[兎和猫]」「오리의 희극[鴨的喜劇]」「마을굿[社戲]」을 발표한다.「불주산(不周山)」은 나중에「하늘을 때우는 이야기[補天]」로 제목을 바꾸어 발표한다.

1923년

8월에 15편의 중단편을 묶어 첫 번째 소설집『납함[吶喊]』을 출간한다. 뻬이징여자고등사범학교(나중에 뻬이징여자사범대학으로 개칭)에 출강한다. 12월 중국문학 연구서『중국소설사략(中國小說史略)』상권을 출간한다.

1924년

단편「복을 비는 제사[祝福]」「술집에서[在酒樓上]」「행복한 가정[幸福的家庭]」「비누[肥皂]」를 발표한다.

1925년

단편「장명등(長明燈)」「조리돌림[示衆]」「까오선생[高老夫子]」「형제(兄弟)」「이혼(離婚)」을 발표하고, 단편「죽음을 슬퍼함

[傷逝]」을 완성한다. 산문집 『열풍(熱風)』을 출간한다.

1926년

6월 『화개집(華蓋集)』을 출간한다. 8월에 시국 사건과 관련되어 뻬이징을 떠나 남쪽으로 피신한다. 광동성 아모이[厦文]대학 문과 교수로 취임한다. 11편의 단편소설을 모아 두 번째 창작집 『방황(彷徨)』을 출간한다. 9월에 단편 「미간척(眉間尺)」(「칼을 만드는 이야기[鑄劍]」라는 제목으로 이듬해 발표)과 12월에 단편 「달로 날아간 이야기[奔月]」를 탈고한다(이듬해 1월 발표).

1927년

1월 아모이를 떠나 꽝쩌우[廣州]로 간다. 쭝산[中山]대학 문과 교수로 부임한다. 3월 『분(墳)』을 출판한다. 4월에 국민당 우파의 쿠데타가 발발한다(당내 좌파 숙청). 7월 『들풀[野草]』을 출간한다. 9월 꽝쩌우를 떠나 10월에 상하이[上海]에 도착하고, 제자였던 쉬꽝핑[許廣平]과 동거한다.

1928년

9월 『아침꽃을 저녁에 줍다[朝花夕拾]』를, 10월에 『이이집(而已集)』을 출판한다.

1929년

4월 러시아 평론가 루나찰스키의 『예술론』 일본어 번역본을 중역한다. 번역 평론집 『벽하역총(壁下譯叢)』을 출판한다. 10월 루나찰스키의 『문예와 비평』 일본어 번역본을 중역 출판한다.

1930년

3월 중국좌익작가연맹의 대표로 선임된다. 5월에 플레하노프의 『예술론』 일본어 번역본을 중역 출판한다.

1932년

9월 산문집 『삼한집(三閑集)』을 출판한다. 러시아 단편소설 선집 『리라[竪琴]』에서 발췌 출판한다. 산문집 『이심집(二心集)』을 출판한다.

1933년

3월 소설 선집 『루쉰 자선집(自選集)』을 출판한다. 4월에 쉬꽝핑과의 서간집 『양지서(兩地書)』를 출판한다. 7월에 잡감 선집 『루쉰 잡감집(雜感集)』을 출판한다. 10월에 『위자유서(僞自由書)』를 출판한다.

1934년

3월 『남강북조(南腔北調)』를 출판한다. 8월에 단편 「전쟁을 막은 이야기[非攻]」를 탈고한다. 12월에 『준풍월담(准風月談)』을 출판한다.

1935년

3월 고리끼의 『러시아의 동화』 일본어 번역본을 중역 출판한다. 5월에 『집외집(集外集)』을, 9월에 『문외문담(門外文談)』을 출판한다. 11월에 단편 「홍수를 다스린 이야기[理水]」를 탈고한다. 12월에 단편 「고사리를 캐는 이야기[採薇]」 「관문을 떠나는 이야기[出關]」「죽은 자가 되살아난 이야기[起死]」를 탈고한다.

1936년

1월 고대의 역사와 신화 및 설화를 소재로 한 단편소설들을 묶어 세 번째 창작집 『새로 엮은 옛이야기[故事新編]』를, 6월에 『화변문학(花邊文學)』을 출판한다. 10월 19일 지병인 폐결핵으로 세상을 떠난다. 향년 56세(만 55세)였다.

주註

1) 「광인일기(狂人日記)」「쿵이지[孔乙己]」「약(藥)」「내일[明日]」「작은 사건[一件小事]」「머리털 이야기[頭髮的故事]」「풍파(風波)」「고향(故鄕)」「아Q정전(阿Q正傳)」「단오절(端午節)」「흰빛[白光]」「토끼와 고양이[兎和猫]」「오리의 희극[鴨的喜劇]」「마을굿[社戲]」
2) 「복을 비는 제사[祝福]」「술집에서[在酒樓上]」「행복한 가정[幸福的家庭]」「비누[肥皀]」「장명등[長明燈]」「조리돌림[示衆]」「까오선생[高先生]」「고독자(孤獨者)」「죽음을 슬퍼함[傷逝]」「형제(兄弟)」「이혼(離婚)」
3) 「하늘을 때우는 이야기[補天]」「칼을 만드는 이야기[鑄劍]」「달로 날아간 이야기[奔月]」「홍수를 다스린 이야기[理水]」「고사리를 캐는 이야기[采薇]」「관문을 떠나는 이야기[出關]」「전쟁을 막은 이야기[非攻]」「죽은 자가 되살아난 이야기[起死]」
4) 4·12 쿠데타: 1927년 국민당 내의 좌파를 숙청한 일명 '청당[淸黨]사건'을 말한다.
5) 중국 공산당의 대장정을 직접 탐사 취재한 『중국의 붉은 별』의 저자 에드가 스노우(Edgar Snow)의 아내였던 님 웨일즈(Nym Wales)가 주인공 김산과의 대화를 바탕으로 엮은 기록.
6) 김소운, 「푸른하늘 은하수 -人間春園의 면모」, 『三誤堂雜筆』, 진문사, 1955.
7) 『도박사 별전』: 디킨즈(C. Dickens, 1812~1870)가 아니라 코난 도일(A. Conan Doyle, 1859~1930)의 『로드니 스톤(Rodney Stone)』의 중국어번역. 루쉰은 훗날 자신의 착오였음을 밝힌 바 있다.
8) 삼교는 유교, 불교, 도교이고, 구류는 유가, 도가, 음양가, 법가, 명가, 묵가, 종횡가, 잡가, 농가를 말한다. 소설가는 과거 전통 시대 민간에 떠도는 이야

기를 수집해서 윤색하던 사람들을 가리키며, 삼교구류 다음가는 제10가(家)로 취급되었다.

9) 백화소설(언문소설)에서 스토리가 곁길로 샐 때 화자가 쓰는 상투어.

10) 지보(地保): 청나라 말기 지방의 자치경찰. 유력자들을 위해 일하며 보통 사람들에게는 세도를 부렸다.

11) 1918년에 제정된 중국어 발음기호.

12) 胡適之(Hu Shi-zhi): 후스[胡適, 1891~1962]의 호. 미국 유학 출신의 뻬이징대[北京大] 교수이자 신문화운동의 중심인물. 미국 프래그머티즘(Pragmatism)의 대가 J. 듀이의 제자였던 그는 서구화를 지향하는 대표적 지식인으로서 루쉰과는 대립된 길을 걷는다. 당시 후스는 고증학을 통한 고대사 연구를 제창하고 있었다.

13) 이단(異端): 유교에서 불교를 비난하는 말.

14) 뻬이징의 중앙 관료들이 쓰는 관화[官話]로서 '철면피' '개자식'에 해당하는 말.

15) 오늘날 표준어인 '보통화(普通話)'의 기초가 된 말. 일반 백성들이 쓰던 말과는 차이가 있으며, 지방에 따라서는 의사소통이 전혀 불가능한 경우도 있다.

16) 구식(求食) : 먹을 것 구하기. 구실(求實: 현실적인 것을 추구하다)을 패러디화한 단어로 보임. 중국어로는 발음이 같다.

17) 거인(擧人): 3년에 한번 성(省) 단위로 실시되는 향시(鄕試) 합격자에게 주어지는 칭호. 거인에게는 3년에 한번 예부(禮部)에서 행하는 회시(會試) 응시자격이 주어진다. 회시 합격자는 공인(貢人)이라 부르며, 최종적으로 궁전에서 황제가 직접 주재하는 전시(殿試)에 응시할 수 있게 된다.

18) 최고급 침대의 일종.

19) '자유당(自由黨)'이 무슨 뜻인지 모르는 마을 사람들이 비슷한 발음을 흉내 낸 것.

20) 국사 편찬 및 국가 문서를 담당한 고급 문관.

21) 군벌 리위엔홍[黎元洪, 1864~1928]을 가리키는 것으로 추측됨. 그와 친근한 사이임을 과시하는 호칭.

22) 복희(伏羲)황제: 역(易)을 만들었다는 고대 중국의 전설상의 제왕.

아Q정전 읽·기·의·즐·거·움

새로운 인간상에의 열망

초판 인쇄 | 2006년 8월 31일
초판 발행 | 2006년 9월 5일

지은이 | 임명신
펴낸이 | 심만수
펴낸곳 | (주)살림출판사
출판등록 | 1989년 11월 1일 제9-210호

주소 | 413-756 경기도 파주시 교하읍 문발리 파주출판도시 522-2
전화 | 영업 031)955-1350 기획·편집 031)955-1363
팩스 | 031)955-1355
e-mail | salleem@chol.com
홈페이지 | http://www.sallimbooks.com

ISBN 89-522-0546-4 04800
89-522-0394-1 04800(세트)

값 7,900원